让女孩
热爱学习的
62个故事

徐井才◎主编

新华出版社

图书在版编目（CIP）数据

让女孩热爱学习的 62 个故事/徐井才主编．
—北京：新华出版社，2013.1（2023.3重印）
ISBN 978－7－5166－0353－6－01

Ⅰ.①让… Ⅱ.徐… Ⅲ.①儿童故事—作品集—世界 Ⅳ.①I18

中国版本图书馆 CIP 数据核字（2013）第 018106 号

让女孩热爱学习的 62 个故事

主　　编：徐井才

封面设计：睿莎浩影文化传媒　　　　**责任编辑**：沈文娟

出版发行：新华出版社
地　　址：北京石景山区京原路 8 号　　　　**邮　　编**：100040
网　　址：http://www.xinhuapub.com
经　　销：新华书店
购书热线：010－63077122　　**中国新闻书店购书热线**：010－63072012

照　　排：北京东方视点数据技术有限公司
印　　刷：永清县晔盛亚胶印有限公司

成品尺寸：165mm×230mm
印　　张：12　　　　　　　　**字　　数**：160 千字
版　　次：2013 年 3 月第一版　　**印　　次**：2023年3月第三次印刷
书　　号：ISBN 978－7－5166－0353－6－01
定　　价：36.00 元

第一章 培养学习兴趣，快乐迈向知识殿堂

第二章 设定学习目标，一步步向理想迈进

 第三章 端正学习态度，增添成绩优异的砝码

第四章 有效的学习方法，成功开启智慧大门

第五章 珍惜时间，把握生命脉搏

第六章 培养观察力、想象力、创造力，激发智慧之光

第七章 善于思考，擦出耀眼的思想火花

第八章 勤奋学习，磨砺出成功基石的光芒

第九章 热爱阅读，纵情徜徉阅读的海洋

第十章 善于积累，建造坚实的知识堡垒

第一章
培养学习兴趣，快乐迈向知识殿堂

以前的我

我一点也不喜欢学英语，看了半天，还是什么都不懂……

桌上的英语书摊开着，我在发呆。

我坐立不安，想去上网。

现在的我

英语角

我常去附近大学校园的英语角。

有不懂的单词就查阅随身携带的小词典。

1

以前的我

我拿着橡皮筋准备溜出去玩儿。

我不要做数学题，我想跳皮筋。

妈妈挡在我面前让我进屋做数学题。

现在的我

可可，休息一会吧，别一直做题。

妈妈在我房间外叫我。

我不累，做这些题很有意思啊！

我一边做题一边回应妈妈。

◀ 以前的我

我把生物书反扣在桌上，不想看。

生物太难学了，我不喜欢。

我一个人在房间里玩起了公仔玩具。

◀ 现在的我

带着生物书去大自然中，采集一些有趣的树叶。

我把采集来的树叶小心地夹在书中。

◀ 以前的我

语文课上，我把漫画书藏在语文书后面。

我偷偷看漫画书。

◀ 现在的我

课堂上，我把漫画书扔在了桌洞里。

我认真听着老师精彩的讲解。

我的成长计划书

培养学习兴趣，快乐走向知识殿堂。

对于学习，我一直没什么兴趣，要不是为了父母的期望，我真不愿意去努力。我喜欢看电视，有时候爸爸妈妈在客厅里看电视，我就会坐立不安，学不进去；看书和听讲的时候也是，总觉得很没意思，不是发呆，就是想睡觉。不知道同学们有没有和我一样的毛病呢？

1. 我在网上找了一些趣味数学题来做，培养自己对数学的兴趣。

2. 带一本植物科普书去爬山，在大自然中培养对生物学的兴趣。

3. 学会在学习中找出生活中的东西，这样记忆得会更牢固。

4. 要多听一些英文歌，对于爱唱歌的我来说，这样更容易记住单词。

5. 将自己的兴趣范围扩大，学习的知识也会更多。

6. 取得进步时，给自己一点小奖励，让自己获得足够的成就感。

科学界的"小公主"

伊伦是居里夫人的女儿，人称科学界的"小公主"。

她小时候好动，有点儿"野"，像个男孩子，有一次还把父母的诺贝尔奖章当做"大金币"玩。当小伊伦长到该上学的年龄时，居里夫人对自己这个不那么文静、不能安安稳稳坐下来读书的女儿，还真费了不少心思。

居里夫人在伊伦的学习问题上，有着很独特的见解。她始终认为不能用过时的方式学习，主张着重培养伊伦的独立认识和分析问题的能力，以便让她尽可能直观地学习和熟悉各个领域的最新知识。

居里夫人常说，伊伦现在的年龄正是长身体、长知识的时期，不应该让她整天封闭在空气污浊的教室里，而是应该增加户外自由活动的时间。伊伦一直非常感激妈妈对她讲的一句话："学习要少而精，切忌一知半解。"这使她受益终身。

小伊伦最初的学习生活是在一所特殊的"小学"开始的。在这所特殊的"小学"里，应用的不是呆板僵化的填鸭式学习方法，而是一种全新的跳跃式的趣味性学习法。居里夫人总是教给她一些有趣的东西，让她自己在这些有趣的东西的吸引之下，主动地去找原因，努力去弄个清楚。

小伊伦很快就被这种快乐而有趣的学习方法吸引住了，她喜欢听妈妈讲那些科学故事，以及看她做那些实验，每一个实验的变化都让她觉得很神奇。后来，伊伦的"野劲儿"收敛了许多。她开始把她似乎总也使不完的精力放在那些试管、烧杯、天

女孩卡片

时尚娃娃芭比(Barbie)

芭比娃娃的第一项事业就是作为少年服装的模特。在1959年芭比娃娃初次亮相时，其穿着当时流行的黑白条纹泳装，扎着马尾辫。在2000年，芭比娃娃的服装第一次出现露肚装。现在，她的鞋子超过10亿双，她的衣柜每年增加100多件新装，其服装的代表色是粉红色。芭比娃娃的服装收藏包括由Givenchy、Versace、Dolce & Gabbana、Vera Wang、Gucci 设计的服装。

平上，脑子里了一个又一个的问号……

伊伦每天除了学习功课外，还要干些体力劳动。劳逸结合不仅使她学会了缝补衣服，在庭院里劳动、做饭，还学会

了音乐。这种极具趣味性的快乐的学习一直持续了两年，由此奠定了伊伦向科学进军的基础。后来她在科学上的成功，很大一部分原因应该归功于早期的这段学习经历。

因为早期教育所培养的兴趣，让伊伦对物理学有了初步的了解，而且她也希望可以在这条路上走下去，所以她向母亲不断地请教，虽然接受的不是正规的教育，但是她的思维是同龄人中最活跃也是最有创造性的。通过她的努力，终于在物理研究中取得了丰硕的成就，她也是继她母亲居里夫人之后，又一个获得诺贝尔奖的人，这在世界科学史上是罕见的。

 成长课堂

对孩子的教育并不是强求，而是首先要培养她的兴趣，在她建立了足够的兴趣之后，才能保证她对于所学的事情会有追求和理想，居里夫人正是因为秉承着这个原则，才培养出了另一位诺贝尔奖获得者——她的女儿伊伦。

 **优秀女孩宣言**

让兴趣引导着我，朝着我的理想迈进。

门缝里学成的「古筝神童」

10月14日晚上的成都艺术中心骄子音乐厅座无虚席，一个17岁的女孩在这里举行了她人生中的第一场音乐会。用古筝，她向人们讲述了一个花季少女的音乐心情。14岁出版个人古筝专辑，17岁开个人独奏音乐会，创下了一个又一个四川地区古筝演奏者的新纪录。她就是被音乐界称为"古筝神童"的周桃桃。

清新的直刘海、过腰的直发、休闲裤、韩式T恤，一看就是个和时尚走得很近的都市女孩。会笑着和你说这说那，会比划着手势来表达她的意思，会撇撇嘴来表示自己的不悦。活泼、热情、爽直是这个17岁"古筝神童"给人的第一印象。可当她坐在古筝前，手指轻轻拨弄琴弦，你才会发现，她拂琴时发丝滑肩而下，散落一地的古典。

桃桃出生于音乐家庭，父亲是四川音乐学院二胡演奏的教授，母亲是民族乐团的专业演奏员。很小的时候，桃桃就在父母的琴房中串来串去，但对父母的乐器并没有表现出太大兴趣。父母以为女儿可能对乐器没有什么天赋，失望之余就开始培养她当主持人，跳舞、朗诵还算勉强能提起桃桃的兴趣。

5岁多的时候，父母发现桃桃经常一个人溜出门，回来后一副心满意足的表情，手指还不停地拨弄着。开始，父母并没有太在意，但这样的情况越来越多，每次当隔壁江澹曦老师家的古筝声响起，桃桃就会很兴奋，急急地想要往外走。一次，妈妈实在忍不住好奇，就跟着桃桃出了门，出门一看，宝贝女儿正蹲在江老师家门口，从门缝里偷看老师教学生弹古筝，手还随着节奏不停比划着。这事后来经常成为父母的

笑谈，说桃桃的古筝之路完全是偷听听出来的。

6岁，桃桃正式拜了江老师为师，系统学习古筝。一摸上古筝，桃桃就再没有停下来过。10年来，她每天练习3小时以上，大赛前，练习时间在8小时以上。"古筝弹久了也会感到枯燥，特别是别的孩子在玩而我必须练习的时候，我就会有厌烦情绪。"桃桃说有段时间甚至恨上了古筝，"小朋友喊我去跳皮筋，我妈不许，求了她半天，才同意让玩半小时，但只要晚回家5分钟下次就不让去了"。

演奏达到一定水平，周桃桃开始钻研起古筝乐曲创作，音乐会当晚的独奏曲《花季》和《楼兰倩影》就是她自己创作的。"《花季》的创作很偶然，练习间隙我随便弹弹来了感觉，一口气把它弹成了曲子。"《花季》写成后，桃桃反复练习了一个星期，把这首曲子当做生日礼物送给妈妈，妈妈顿时感动得热泪盈眶。父亲给这首曲子命了名——《花季》，反映的正是十五六岁花季少女的心情。

当越来越多的荣誉飘向这个女孩的时候，这个女孩冷静地说，她热爱古筝，不是因为这些荣誉带给她的兴奋，"10年来，古筝已经深深渗入了我的生活，古筝即是生活。"

成长课堂

兴趣，是一个人走向成功的启明灯。若能及早发现孩子的兴趣所在，并加以正确的引导和培养，是一个少年走向成功至关重要的一步。只有做感兴趣的事情，才会有刻苦钻研的动力。

优秀女孩宣言

我也有我的兴趣，我有信心做好它。

盛放的梦想之花

被人们称作"水立方"的国家游泳中心，在中外建筑史上都堪称是一件充满梦幻色彩的杰作。2008年1月28日，这个如梦如幻的蓝色正方体出现在鸟巢身旁，以它的柔韧呼应对方的刚性。创造世界纪录的膜结构，墙面和屋顶上位置绝无重复的3万多个钢质构件……这些创新技术不仅填补了我国建筑史上的诸多空白，也注定名垂奥运史册。

在将"水立方"由图纸变为现实的漫长过程中，有一位年轻的女性发挥了重要的作用，她就是"水立方"工程项目的执行总工程师——陈蕾。

21岁那年，陈蕾毕业于武汉工业大学建筑学专业。陈蕾说，选择学建筑是受到家庭的熏陶。她的父亲是位设计师，母亲和姐姐也在建筑行业工作。

1971年夏天，母亲带着7个月的身孕随父亲下放到湖北黄石。南方的闷热让母亲很不适应，为了能凉快一些，晚上母亲就在房顶上铺个垫子睡。仿佛母亲对环境的不适应也影响到肚子里的孩子，陈蕾从出生到小学阶段，身体一直很弱，是个"药罐子"。

11岁时，全家随着父亲的工作调动来到了天津。陈蕾眼中的父亲高大英俊，"别人都觉得父亲很严厉，可我不怕他。"这时期，陈蕾经常跟着父亲一起锻炼身体，游泳、跑步，不但让她的体质变好了，意志品质也得到了锻炼。

在设计院工作的父亲对陈蕾的成长影响很大。小时候，陈蕾经常跑到父亲的办公室玩，看父亲画各种各样的图纸，她则把图纸和

笔拿在手里画着玩。也就是从那时候起，陈蕾喜欢上了建筑，"特别喜欢闻晒蓝图那种氨水的味道。"高考结束填报志愿时，她自然就选择了建筑学专业。

20世纪80年代，打长途电话不是一件容易的事情。陈蕾在加试的美术考试中被刷下来——她被建筑学拒之门外了，这个消息好不容易才从学校传到了父亲的单位。

"打击很大，觉得天都要塌下来了。"这个17岁的女孩遇到了人生中的第一个打击，不得不重新选择专业。最终，她选择了和建筑"沾边"的工业与民用建筑专业，期待有朝一日还能做回建筑设计师。而正是她对建筑师这个职业的热爱和执著，才成就了今天世界瞩目的水立方。

"受打击的经历，对我的成长是坏事，也是好事。因为坏事总是可以变成好事。"陈蕾平和地微笑着，从那微笑中，可以看到她对建筑业的强烈兴趣和热爱。

 成长课堂

其实，世上有许多人，由于他们发现了学习或工作中的乐趣，因此会表现出与常人不一样的狂热，这种发自内心的热爱，具有无穷的力量，它不仅能够给予我们面对挫折的勇气，更能让我们的智慧大放异彩。

 优秀女孩宣言

我要把兴趣变成学习的动力，让自己成为一个更优秀的人。

在 快乐 中成长

　　开学后，灿灿迷上了吹笛子，给她简单地介绍了一下哆、来、咪、发、唆、啦、西的位置，让她自己去摸索。哎哟，自从买回笛子，我们可遭罪了，满耳是尖锐的噪音，刺激得人头痛欲裂，在学校里，同学们肯定也要饱尝这样的痛苦，可又一想，她喜欢就让她玩吧。那几天，她一有时间就吹，而且找来音乐书，照着简谱吹。没想到，有一天，她真的吹出曲调来了，并且还将爸爸的最爱《沧海一声笑》和我的最爱《在那遥远的地方》在琴上一个音一个音地试，然后根据旋律将简谱记下来了。瞧她吹得还真有模有样的，那帮小同学可羡慕了，她们吹笛子比灿灿早得多，可还没有灿灿吹得好，所以都争着让灿灿给她们写简谱。

　　那段时间，灿灿可高兴了。

　　对笛子的狂热好不容易过去了，有一天灿灿对我说："妈妈，还是弹琴好，琴声不吵人，听着琴声，是一种享受。"

　　家里的雅马哈钢琴买了好几年了，当初是为了灿灿，但一直以来她对钢琴都不大感兴趣，可能是听别人说练琴很枯燥吧，她说她不喜欢受到限制。

　　好吧，既然不想学，那也不勉强，我向来认为课余爱好只是学习之外的放松与娱乐，不可本末倒置。高兴时摸一下，弹一些简单的儿歌，不高兴也没人勉强她弹。

　　可这段时间不一样了，灿灿每天放学回来，午饭后、晚饭后，必定要弹上一个多小时，每次都是我叫了多次，她才下来，《听妈妈讲那过去的事情》

《让我们荡起双桨》《友谊地久天长》以及《在那遥远的地方》等，弹得还真有点味道呢，朋友说，她家小孩学了几年也只在近期才弹得有点模样。

灿灿还在琴上自个儿摸索着找到变换的音色，当她弹累了时就变换音色，继续保持新鲜感。时间久了，她又学会了弹音调，再不像以前任何一支曲子都是C调。

三天不练手生，三个月不练呢，恐怕也忘得差不多了。但是，自己喜欢的就不一样，没人逼着学，她会真正把这件事当成自己的爱好，不但能调节学习后的疲劳，还能从中找到无穷的乐趣，很可能还能将这种兴趣坚持下去。

朋友说，让灿灿去学音乐吧。我问灿灿，想不想去学？灿灿还是那句话：不自由，自己学。嗯，好吧，不想去就不去，太多的条条框框会限制孩子的思维，与其熄灭浓烈的兴趣，还是顺其自然的好，别为了赶趟，灭了孩子的天性。

成长课堂

这样的事情想必也经常在我们身上发生。对一些不感兴趣的功课，任凭大人们怎么要求，往往还是达不到预期的效果。相反，如果所学是自己喜欢的，我们就会像挤海绵里的水一样，利用一切可利用的时间去自觉地学。

优秀女孩宣言

把不喜欢的事情当做喜欢的事情来对待需要一个过程，我要每天对自己说：我喜欢它！

兴趣是最好的老师

女儿从小是
戏机和电脑，
所玩，成绩可
不笨，思维
能说会道。
还蛮高，只
为她成绩差
当，便给她买了
教，我也在下班回
"公主"读书。几年
许多精力，但事倍功
我终于明白，
法不当，她对学习
是，我马上换招，给
找来报刊讲"希望工程"
子渴望读书却因交不起学
儿有所触动，让她珍惜读书的
又对她鼓励了一番，建议她做课
起初，女儿按我所的嘱，每次课

个游戏迷。家里没买游
她就到网吧或其他场
想而知。其实她脑子
敏捷，反应较快，且
去医院检查，智商
是有点好动。我以
是因为学习方法不
学习辅导材料，请了家
家后当家庭"辅导员"，陪
下来，花了不少钱，费了
半，成效不大。
女儿并非全是学习方
没兴趣、没动力。于
她讲道理，"忆苦思甜"，
的事儿，讲贫困地区的农家孩
费而辍学，以期对逐渐长大的女
机会，总不能玩一辈子游戏吧。
堂笔记，养成良好的学习习惯。
堂笔记都草草记几行，虽然简单，

但毕竟是记了。不想好景不长，过几日她又旧习复萌。想想她的前程，看看眼下就业
的现状，让当爸的我实在担忧。我听她谈起将来想以编电脑游戏软件为职业，我只
有转换思路，顺其自然了。唉，女儿能上大学固然好，上不了大学，就鼓励她多学几
招"散手"吧。我告诉女儿，编游戏软件也要掌握多种知识，千万不能放弃学业。同
时，设法给她创造对学习产生兴趣的机会。一次，我看到有电脑三维动画设计培训的
广告，就给女儿报了名，授课老师得知女儿没这方面的基础，担心她年纪小，接受能
力差。没想女儿一改过去逃课溜号的"恶习"，不管刮风下雨，准时到课，连眼睛长了
"麦粒肿"也不缺课。让我感慨的是，她每堂课都要做不少的课堂笔记：背景设置、

女孩卡片

贝兹娃娃(Bratz)

Bratz家族共有5位成员，分别叫做雅斯敏(Yasmin)、科洛(Cloe)、卡梅隆(Cameron)、小玉(Jade)和萨莎(Sasha)。这几个"街头美少女"一改芭比娃娃端庄、高贵的完美造型，她们肤色各异，来自不同种族，足蹬厚底靴，身穿紧身超短热裤、套头运动衫和小背心，热力四射，很容易让人联想到英国超人气歌唱组合中"辣妹"的形象，她们时髦前卫的街头少女形象，成为了全世界女孩喜爱的玩具之一。

实体放样、灯光贴图等都记得很认真，很细致，这在过去简直是匪夷所思。有时，为了巩固课堂所学内容，她还留下来请教老师。女儿用功了，好像变了个人！

培训结束，她通过了考试。她的文化课成绩也稳中有升。有位名人说过，兴趣是最好的老师。的确如此，我想办法激发起了女儿的学习热情，这个方法果然奏效。

成长课堂

大概没有人对学习的兴趣是天生的，都是在后天的成长过程中培养和熏陶出来的。如果想在学习上取得成绩，我们可以逐渐寻找和培养自己的兴趣，因为知识都是相互关联的，以一个兴趣点带动整个知识面的增长，不失为学习的好办法。

优秀女孩宣言

我要将自己最感兴趣的学科变成自己的强项，以此增强对学习的兴趣和信心。

体操玉女的梦之路

　　1998年是卡巴耶娃崭露头角的一年，她先是夺得欧洲锦标赛的冠军，接着在友好运动会中的体操中几乎横扫所有对手，夺得5块金牌中的4块。2000年她达到了职业巅峰。

　　卡巴耶娃1983年出生在如今的乌兹别克斯坦的首都塔什干市，虽然接触艺术体操比较晚，但是她对体操表现出来的浓烈兴趣却让她疯狂地爱上了这项运动。但是她的热情并没有得到认同，为了满足她的心愿，妈妈决定带她到莫斯科去找权威的人，看看她是否有从事艺术体操的可能。1995年，已经12岁的卡巴耶娃跟着妈妈从塔什干千里迢迢来到莫斯科时，母女两人只有85美元。那年4月，天气仍冷得出奇，为方便换装，卡巴耶娃只穿着一件薄薄的牛仔短上衣。妈妈心疼女儿的身体，不顾孩子的抗议一直坚持乘出租车。"我很感谢妈妈，她不顾一切地从塔什干来到莫斯科，就是为了看看我能不能从事艺术体操。如果专家说我没有天赋，不能再练体操，我们就准备前往美国。难以想象到了美国我会从事什么职业，不过肯定不会是体育。"

　　12岁才开始练体操，的确不是什么明智之举，当时很多专家和教练都不看好她，只一眼就断言：年纪太大，不适合练体操了。但卡巴耶娃和妈妈没有放弃，卡巴耶娃在体操方面表现出了超人的热情和天资。俄罗斯艺术体操国家队总教练伊莉娜·维涅尔很快就发现了这棵好苗子，她向生活在困顿之中的卡巴耶娃母女伸出了援助之手，还帮卡巴耶娃的妈妈找了份工作，使她们能够维持生计。

　　在以后的体育生涯中，卡巴耶娃果然没有辜负妈妈和教练的期望，她身轻如燕地在体操场上腾挪跳跃，矫捷的身手令对手"感到绝望"。卡巴耶娃连续获得了5届欧锦赛的冠军、3届世锦赛的冠军，她又在2000年获得了奥运会铜牌，2004年她又得奥运会冠军的殊荣搬回了家，成了俄罗斯体操界的"大满贯"得主。为此，普京总统在2005年亲自向她颁发了国家奖章，奖励她"对发展体育的杰出贡献，以及2004年雅典奥运会的优异成绩"。

在卡巴耶娃的圆梦之路上，若是没有她对体操的浓烈兴趣和她妈妈对她兴趣的培养，或许她根本无法坚持到最后。坚强独立的性格造就了一个执著于梦想的卡巴耶娃，这也是兴趣所产生的力量。

成长课堂

兴趣不是流行，而是发自内心的真正的喜欢。卡巴耶娃练习艺术体操并不是为了追赶潮流，而是真正的迷恋。兴趣总是具有巨大的力量，因此，如果我们培养出自己对学习的兴趣，那么取得好成绩对我们来说，也将是必然的事情。

优秀女孩宣言

我要将更多的热情投入到学习中，让自己喜欢上学习。

兴趣是成功的基石

　　有这样一个面包师，自从生下来，就对面包有着无比浓厚的兴趣，闻到面包的香气就如醉如痴。她狂热地喜欢面粉和面包，她热爱刚出炉的面包所散发出来的浓郁的香味。

　　但是她的家庭条件却很艰难，使得她没有机会去做更多的面包。所以她跑到了一个面包店，请求老板收留她打工，即使不给工钱也无所谓，只要可以去做面包，可以去学习那些新奇的面包制作技巧，不管付出任何代价她都在所不惜。

　　在她第七次来到一家面包店的时候，店主终于被她感动，决定留下她作为学徒，女孩欣喜若狂。从此，她每天都是第一个来到店里的员工，早早开始打扫卫生，然后在面包的香气中开始一天的工作，一直等到最后一名客人离开，她还在那里辛勤地工作着。当店里的雕花师工作的时候，她总是虔诚地守在她身旁，看着她的每一个动作，想要学习每一个关于奶油雕花的技巧，这种高强度的工作和学习，让她越来越瘦，但是她却每天都很开心，脸上总是挂着迷人的微笑。

　　经过了数年的学习之后，她如愿以偿地成了一名面包师。因为对于这项事业的热爱，使得她对自己的工作要求极其苛刻。她做面包时，有三个条件缺一不可：要有绝对精良的面粉和黄油，要有一尘不染、闪光晶亮的器皿，伴奏的音乐要称心。否则酝酿不出情绪，不没有创作的灵感。

　　她完全把面包当做艺术品，哪怕只有一勺黄油不新鲜，她也要大发雷霆，认为那简直是难以容忍的亵渎。哪一天要是没做面包，她就会满心愧疚，馋嘴的孩子和挑剔的姑娘只能去啃那些粗制

女孩卡片

米老鼠 (Mickey&Minnie)

　　米老鼠是世界上最出名的老鼠。米奇性格随和、快乐，在人们心目中永远乐观，他的好友米妮也是个可爱的小老鼠，她最爱说的话是"Why hello"。充满魅力的米妮用她优美、如鸟鸣般的颤音为大家带来甜美的歌声。米妮与米奇一起解决问题，一起帮助朋友克服困难，是米奇的完美搭档。

滥造的面包了。

　　后来她独立开了一家属于自己的蛋糕店，她为此兴奋得好几天都睡不着觉。终于可以在属于自己的园地里做自己喜欢的事，

这是最让她开心的。她从来不去想今天少做了多少生意，然而她的生意却出人意料的好，超过了所有比她更聪明活络、更迫切想赚钱的人。这一点让她的同行们又羡慕又眼红，但是她却微笑着走出来，和所有人分享她的技术，这又让大家对她生出了无比尊敬之情。

　　就是这样一个普通的女孩，因为对面包的热爱，让她在这条路上义无反顾地一直走了下去。当然，人们问她如何获得成功的时候，她说她从来不在乎什么成功不成功，她只是在做自己喜欢做的事情而已。

成长课堂

　　面包对她的吸引力就好像磁石一样，让她不可抗拒，在这种吸引力之下，她做出的面包自然比别人要好，因为她投注了自己全部的热情，她的心里全都是对面包的热爱，谁又能战胜她的热情呢？

优秀女孩宣言

　　把自己的热情投注在自己感兴趣的事情上。

读了这么多精彩的故事，和故事中的主人公比起来，你觉得自己也是一个对学习有极大兴趣的女孩吗？不妨来训练营检验一下自己吧！

多问一句为什么

　　王楠是一个爱美的小女孩，在班上她的学习成绩一直是中等，这个成绩段位，她保持了3年之久，每年的考试她都是在20名。其实平时王楠的课余时间很充裕，可是她喜欢看时尚杂志，喜欢琢磨自己的衣服，就是不喜欢读书写字，提高自己的成绩。这一点，让她自己也很苦恼。

　　这个学期开始后，大家忽然发现，王楠有了变化。她变得上课主动提问、回答问题了，下课也变得用心读书了，就连回家的路上，她的口里也在默默地背诵着英语单词。一个学期下来，王楠的成绩得到了大幅度的提升，老师和同学们都大吃一惊。

　　让大家好奇的是，为什么她突然变得这么积极主动地学习了呢？对于这个问题，王楠笑着说："这一切，都是因为我的妈妈。"

　　同学们，你们觉得王楠的妈妈是用什么样的办法提高王楠的学习兴趣的呢？

答案在184页

《我要当作家》答案：

　　原来，这一次请来的作家为大家讲了成为作家的一个必备条件便是积累。不仅仅是对各种词汇运用的积累，更是对生活的积累。其实不管是写作还是学习其他学科，积累都非常重要。例如，描写人物外貌的词语，生活中就有很多，这需要我们不断地观察、积累，以便在适合的时候把合适的词语运用到位。只有我们平时学好这些词语和它们的运用方式，才能在写作中做到很好地使用。而对于我们平时的学习，这一招也是很管用的，每一天都记住一些知识，学习起来就会轻松很多。

　　看来，不管是作家还是优秀学生，积累都是不可缺少的！

第二章
设定学习目标，一步步向理想迈进

◀ 以前的我

奋斗目标

在"奋斗目标"的主题班会上，同学们都积极举手发言，只有我沉默。

现在就定奋斗目标，是不是太遥远了？

我茫然无语。

◀ 现在的我

成为一名优秀记者是我的奋斗目标。

好！可可加油！

同学们用掌声鼓励我。

◀ 以前的我

他们都在做什么呢？

大家都在忙着，只有我在东张西望。

语文　英语

我一手拿着语文卷子，一手拿着英语卷子，不知道该做什么才好。

◀ 现在的我

英语
语文

我把该做的事列成一个清单，上面清楚地写着英语试卷排在语文试卷前面。

我认真做英语试卷。

◀ 以前的我

合上作业本，想和小伙伴去玩沙包。

今天设定的学习目标还没有完成哦！

妈妈看着我的学习计划。

◀ 现在的我

我还没有完成学习计划，你们先去玩吧！

我拒绝了小伙伴的邀约。

"学习计划"放在桌上，像一名严师在监督着我。

以前的我

面对75分的数学成绩单,我很郁闷。

数学成绩下降了,我该怎么办?

想象着爸爸肯定会批评我。

现在的我

这次考砸了,下次一定不会了。

向爸爸保证。

列出本学期的数学学习目标,先达到85分再说。

我很想好好学习，尽快提高自己的成绩，但每次做完作业，我都不知道该干点什么，为什么别的同学总像有做不完的事呢？我每天回到家，拿出课本，看了这个，又觉得应该先看那个，不知从哪下手。其实我的课余时间大部分都用在学习上，为什么成绩还是不如别人理想呢？得赶快想办法解决才行啊！

1. 每天上完课以后，先把当天学到的内容全部复习一遍。

2. 先复习再做作业，避免写作业时不断翻书，提高效率。

3. 每天放学后，在做完所有作业的前提下，至少认真预习两门功课。

4. 每天学5个新单词或背诵一首古诗。

5. 利用早自习时间预习一下当天的全部课程，对要学的内容有个

大致了解。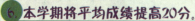

6. 本学期将平均成绩提高20分。

可以成为州长的手指

一个正面的想法或心理欲望就是信念，它决定了我们在实现目标过程中的态度和行为。

信念是一切奇迹的源泉，很多的成功人士，最初都是从一个信念开始的。

露西·罗尔斯是美国纽约州历史上第一位女性州长，她出生在纽约声名狼藉的大沙头贫民窟。这里环境肮脏，充满暴力，是偷渡者和流浪汉的聚集地。在这儿出生的孩子，他们从小逃学、打架、偷窃，甚至吸毒，长大后很少有人从事体面的职业。然而，露西·罗尔斯是个例外，她不仅考入了大学，而且成了州长。

在就职记者招待会上，一位记者向她提问：是什么把你推向州长宝座的？面对300多名记者，罗尔斯对自己的奋斗史只字未提，只谈到了她上小学时的校长——切丽·保罗女士。

1961年，切丽·保罗女士被聘为诺比塔小学的董事兼校长。她是一位有着金黄色卷发和棕色眸子的漂亮女士，每一个学生都很喜欢她，就算是再调皮的学生也会为她折服。

当切丽·保罗走进大沙头诺比塔小学的时候，正值美国嬉皮士流行的时代，发现这儿的穷孩子比"迷惘的一代"还要无所事事。他们不与老师合作、旷课、斗殴，甚至砸烂教室的黑板。切丽·保罗想了很多办法来引导他们，可是没有一个办法是奏效的。后来她发现这些孩子都很迷信，于是在她上课的时候多了一项内容——给学生看手相，她用这个办法来鼓励学生。

当罗尔斯伸着小手走向讲台时，切丽·保罗说："我一看你修长的小拇指就知道，将来你是纽约州的州长。"

当时，罗尔斯大吃一惊，因为长这么大，只有奶奶让她振奋过一次，说她可以成为5吨重的小船的女船长。这一次，切丽·保罗小姐竟说她可以成为纽约州的州长，着实出乎她的意料。她记下了这句话，并且相信它一定能实现。

从那天起，"纽约州州长"就像一面旗帜，罗尔斯的衣服不再沾满泥土，说话时也不再夹杂污言秽语。她开始挺直腰杆走路，在以后的40多年间，她没有一天不按州长的身份要求自己。51岁那年，她终于成了州长。

当她长大以后，她知道了切丽小姐当时只不过是哄她而已，可是她却一直对自己说："这不是在哄我，我其实真的可以做到。"果然，她做到了。当她再一次对切丽小姐表示感谢的时候，这位已经白发苍苍的女士微笑着说："孩子，让你成为州长的，不是你的手指，而是你的心。"

成长课堂

一个美好的谎言，给一个小孩子树立了一面奋斗的旗帜。当一个孩子有了梦想之后，她的人生轨迹也会被改变，再回头看看当年的那个小女孩，现在的女州长肯定会觉得自己创造了奇迹，而奇迹的产生只是因为在她前面有一面旗帜在招手。

优秀女孩宣言

我要把梦想作为自己的旗帜，引导我前进。

想想 十年后 的自己

18岁之前，我是个不知道自己想要什么的人，那时我每天就在浙江艺术学校里跟着同学唱唱歌，跳跳舞。偶尔有导演来找我拍戏，我就会很兴奋地去拍，无论多小的角色。

如果没有老师跟我的那次谈话，那么也许直到今天，仍然没有人知道周迅是谁。

那是1993年5月的一天，教我专业课的赵老师突然找我谈话："周迅，你能告诉我，你对于未来的打算吗？"

我愣住了。我不明白老师怎么会突然问我如此严肃的问题，更不知道该怎么回答。

老师问我："现在的生活你满意吗？"我摇摇头。

老师笑了："不满意的话证明你还有救。你现在就想想，10年以后你会是什么样的？"

老师的话音很轻，但是落在我心里却变得很沉重。我脑海里顿时开始风起云涌。沉默许久，我看着老师的眼睛，忽然很坚定地说："我希望10年后的自己成为最好的女演员，同时可以发行一张属于自己的音乐专辑。"

老师问我："你确定了吗？"

我慢慢地咬紧嘴唇回答："Yes。"而且拉了很长的音。

老师接着说："好，既然你确定了，我们就把这个目标倒着算回来。10年以后，你28岁，那时你是一个红透半边天的大明星，同时出了一张专辑。"

"那么你27岁的时候，除了接拍各种名导演的戏以外，一定还要有许多完整的音乐作品，可以拿给很多很多的唱片公司听，对不对？"

"25岁的时候，在演艺事业上你就要不断地进行学习和思考。另外在音乐方面一定要有很棒的作品开始录音了。"

"23岁你就必须接受各种培训和训练，包括音乐上和肢体上的。"

"20岁的时候你就要开始作曲、作词。在演戏方面就要接拍大一点的角色了。"

老师的话说得很轻松，但是我却感到一阵恐惧。这样推下来，我应该马上着手为自己的理想做准备了，可是我现在却什么都不会，什么都没想过，仍然为小丫环小舞女之类的角色沾沾自喜。我觉得有一种强大的压力忽然朝自己袭来。

老师平静地笑着说："周迅，你是一棵好苗子，但是你对人生缺少规划，散漫而且混乱。我希望你能在空闲的时候，想想10年以后的自己，到底要过什么样的生活，到底要实现什么样的目标。如果你确定了目标，那么希望你从现在就开始做。"

一年以后，我从艺校毕业了，老师的话从那天开始一直刻在了我的心底：想想10年后的自己。是的，当我意识到这个问题的时候，我发现我整个人都觉醒了。

从学校毕业后，我忙于接拍各种各样的影视剧。我始终记得，10年后我要做最成功的明星，所以对角色我开始很认真地筛选。后来我拍了《那时花开》，拍了《大明宫词》，我渐渐被大家接受，也慢慢地尝到了成功的快乐。

2003年4月，恰好是老师和我谈话后的十周年，我不知道这是偶然还是必然，我居然真的拥有了属于自己的第一张专辑——《夏天》。

成长课堂

如果你能及时地问自己一句："10年后我会怎么样？"将10年后的目标倒推，你就能明白自己现在应该做的是什么，时刻想着10年后的自己，你会朝着自己的梦想越走越近。

优秀女孩宣言

不再空喊成功的口号，每一天都向梦想靠近一步，有一天我也能站在梦想的顶端。

开着奔驰来接母亲

一位女孩1944年4月7日出生于下萨克森州的一个贫困家庭，她出生后的第三天，父亲就战死在罗马尼亚，母亲当清洁工，带着她和姐姐，一家三口相依为命。

生活的艰辛使母亲欠下许多债。一天，债主逼上门来，母女抱头痛哭，年幼的她拍着母亲的肩膀安慰说："别伤心，妈妈，有一天我会开着奔驰车来接你。"

40年后，这一天终于到了。她担任了著名的雅芳公司的总裁，开着奔驰把母亲接到一家大饭店，为老人家庆祝80岁的生日。这40年的奋斗生涯，她付出了不懈努力。

因交不起学费，初中毕业她就到一家零售店当了学徒。贫困带来的被轻视和被瞧不起，使她立志要改变自己的人生：我一定要从这里走出去。她想上学，并积极寻找机会。1962年，她辞去了店员的工作，到一家夜校学习，一边学一边到建筑工地当清洁工。不仅收入有所增加，而且还圆了她的上学梦。

4年的夜校结业后，1966年她进入了哥廷根大学的夜校学习法律，圆了大学梦。在她的梦想一个个都实现的时候，她并没有停住脚步，因为她还有一个重要的梦想，是她小时候对母亲的许诺，还没有变成现实。

毕业之后，她当了律师。32岁时，她当上了汉诺威霍尔律师事务所的合伙人。回顾自己的经历，她说，每个人都要通过自己的勤奋努力，而

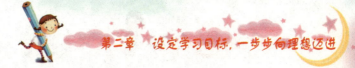
不是通过父母的金钱来使自己受教育。这个对人的成长至关重要。

后来，她又积极参加各种兴趣小组的集会，最终加入了生物化学这一方面的一个协会。此后，她逐渐崭露头角，步步提升。1969年，她担任一家化妆品公司的推销人员，取得了丰硕的成就。1971年她得到业界的肯定，1980年当选为雅芳公司的销售副总。1990年她当选雅芳公司的副总裁，并于1994年、1998年两次连任。1998年10月，她走向了雅芳公司总裁的位置，终于赢得了她梦寐以求的荣誉和目标。

在这一天，她终于可以开着奔驰车来接自己的母亲了，当母亲看到小女儿已经有这么大本事，可以给她一辆奔驰轿车的时候，眼睛里忍不住流下了泪水。曾经女儿的一句话，她以为只是女儿的戏言而已，但是没有想到这个小小的孩子，居然一直坚持着这个目标而没有放弃，而她也果真达到了这个目标。这是多么让一个母亲欣慰的结果啊！

正是进取心——这种永不停息的自我推动力，激励着每一个成功人士朝着自己的目标前进，通过不断的努力就会开花结果的！

成长课堂

在艰难的生活面前不低头的一个女孩，让她可以一直坚强的原因就是她的心中始终怀有一个目标——给自己的母亲幸福。这个梦想让她走出了很远，终于摘取了成功的桂冠，也终于达成了多年来的心愿。以后，她还会有更多的心愿，有了这种坚韧，她一定都会达成的。

优秀女孩宣言

只要有了目标，我奋斗的脚步就不会停止。

农田里的智慧

　　这一年，学校组织大家去下乡学农，因此阿梅和她的伙伴们都来到了这个偏僻的地方。开始的时候，大家都充满了好奇，但是时间久了，阿梅就觉得很乏味。老师说，这里有很多的学问值得我们去学习，但是阿梅却没有发现什么学问。

　　一天，阿梅在田间漫步，看见一位老农在插秧，秧苗插得非常整齐。阿梅觉得老农很不简单，上前问道："老大爷，您怎么插得这样整齐？"

　　老农递过一把秧苗说："你插插试试。"阿梅心想，我一个大学生，难道还做不到吗？她自信地接过秧苗，脱鞋挽裤下田插秧。

　　她插了一会儿，发现自己插得乱七八糟，于是阿梅问老农："为什么我插不直呢？"

　　老农说："你应该盯住前面的一个目标去插。"对呀，我怎么没想到呢？阿梅就在前方寻找目标，看到了一头水牛，心里想，水牛的目标大，就盯着它吧。她又插了一会儿，发现自己插得有进步，但还是不直，歪歪扭扭的，她再问老农："为什么我还插不直呢？"

　　老农笑着说："水牛总在动，你盯着它当然要插得曲里拐弯了，你应该盯住一个确定的目标。"阿梅猛醒，盯着前方的一棵树去插，果然秧苗插得很直了。

　　回到宿舍，阿梅的腰都要累断了，可是老师却走了过来，说："我今天看见你在帮老农插秧？有什么感受？"阿梅仔细想了想，她终于明白老师的深意了，她说："插秧是小活儿，

但是却蕴藏着大道理——人不能没有目标，也不能总去变换目标，必须明确一个不轻易变更的奋斗目标，这是取得成功的基本保证。"老师笑了，说："你能明白这个道理，就没白来。"

第二天，阿梅跟随同学一起去田里犁地，班上的张强跑过去帮忙。他第一次下田用犁耕作，对一切都充满了好奇，对什么都想试一下。

老农教他怎么犁田，张强很兴奋地拿过犁来就要开工，由于没有经验，所以走得歪歪斜斜的。老农告诉他："你应该选定一个目标，然后朝着目标走，这样就不会走歪啦。"

于是，这一次他以远处的一只羊作为目标，他想这样应该没有问题了吧，但是耕出来的田仍然不直。阿梅看到这个情景，走过去对张强说："第一次是你缺乏目标，所以不直；第二次错在选择了移动的目标，当然就会走歪了，所以呢，你应该找一个固定的目标，并且要看准这个目标才行。"

第三次张强选择了远方的一棵大树作为目标，果然犁出来的田都是直直的。他好奇地问阿梅："你怎么知道的？"阿梅笑了笑，说："这是农田里的智慧，被我学到了而已。"

成长课堂

农田里也蕴藏着人生的哲理，一个有目标的农夫会把农活做得尤其出色，一个有目标的大学生也必然会演奏出人生的华彩乐章。插秧、犁田和我们的学习，以及人生道理，看似离得很远，其实道理很相近。

优秀女孩宣言

生活就是我的老师，我要把它教给我的都好好运用起来。

让目标拯救你

积极心态的主要标志就是有目标，有了目标才会使心态更加积极。

"二战"期间，从奥斯维辛集中营活下来的人不到5%。据身临其境的犹太裔心理学家弗兰克观察研究，幸存者几乎毫无例外，都是深知生命的积极意义的人。他们顽强地活下来的主要原因就是他们心里都有一个明确的目标——"要做的事还没有做完""活着与所爱的人重逢"。

阿迪丽娜的一个牢友在那个与死神相伴的环境里，曾绝望地对她说："我对人生没有什么期待了。"

"不是你向人生期待什么，"阿迪丽娜说，"而是生命期待着你！什么是生命？它对每个人来说，是一种追求，是对自己生命的贡献。"

她的牢友依然想不开，但是阿迪丽娜对她说："亲爱的，你要知道，还有很多的事情要等着我们去做呢，你有爸爸妈妈吗？他们都还好吗？"

牢友迟疑着说："从我很小的时候他们便离开了我，所以我从来都不认识他们。"

阿迪丽娜不放弃，她继续问："那你的兄弟姐妹呢？"

牢友的神情更加黯淡，她说："小时候，我和妹妹就失散了，这么多年以来，也不知道她是不是还活着，她从来都没有找过我，我也没有找到过她。"

阿迪丽娜听她这么一说，不由得心头一震，高兴地说："看，这就是你的希望啊，亲爱的，你要走出去，走出这个牢房，去寻找你的妹妹。如果你没有父母的话，她是唯

一让你确信的亲人了，难道你就想这样离开这个世界，而不和她团圆吗？"

牢友深思迷茫地说："和她见面？天哪，我从来都没有想过。"

阿迪丽娜鼓励她说："那就从现在开始想吧。你想——有一天，你和妹妹相见了，她和你长得这么相近，也是金色的卷发，高高的鼻子，这是多么奇妙的一件事！"

牢友的希望之火就这样被阿迪丽娜点燃了。她说："为了我们能够活着走出去，而且确保走出去以后可以活得更好，所以我们都不能放弃，相反，我们在这里要做一些有意义的事情。"

牢友听她这么一说，兴奋地说："是的，我一直很希望学习艺术史，但是一直都没有机会。"阿迪丽娜笑了，她说："亲爱的，现在不就是机会吗？我们有大把的时间。"

阿迪丽娜通过不断的鼓励和分析生命的意义、目的，使那位牢友扭转了悲观的人生态度，重新燃起了生活的渴望。

目标反映心态，心态决定目标。

成长课堂

人只要活着就会有各种各样的目标，比如需求、愿望、选择、追求、满足等，大到"为真理而战"，救黎民于水火；小到过上理想的生活，这些都是目标。正像人们常说的"有生命的地方就有希望，有希望的地方就有梦想"，有梦想的地方当然就有目标。

优秀女孩宣言

我要做一个有目标的女孩，让自己的生活有意义。

母亲修起的房子

　　在现今中国最为顶级的英语学校做英语老师，几乎是很多人的梦想。当你出国的时候，在国外碰到的大多数中国学子都叫你一声"老师"的时候，你一定会觉得非常自豪，李翠峰就做到了这一点。这个浑身上下都充满了书卷气的女老师，她的成功与小时候母亲所做的一件事有密切的关系。

　　李翠峰老师在她的博客中曾经贴过一篇文章说：父亲是个木工，常帮别人建房子，每次建完房子，母亲都会把别人废弃不要的碎砖烂瓦捡回来。久而久之，我家院子里多出了一个乱七八糟的砖头碎瓦堆。我搞不清这一堆东西的用处，直到有一天，一间四四方方的小房子居然拔地而起。母亲把本来养在露天到处乱跑的猪和羊赶进小房子，再把院子打扫干净，我家就有了全村人羡慕的院子和猪舍。

　　母亲向李翠峰阐释了做成一件事情的奥秘。那就是先要有构想、有目标，然后再去准备充足的材料，对于母亲来说，她早就想好了要建造这猪舍，所以她不断地积累着建材，最后终于建造成功了。

　　此后做每件事时，李翠峰一般都会问自己两个问题：一是做这件事情的目标是什么，因为盲目做事就像捡了一堆砖头而不知道干什么一样；第二个问题是需要多大的努力才能够把这件事情做成，也就是需要捡多少砖头才能把房子造好。之后就要有足够的耐心，因为砖头不是一天就能捡够的。

　　"我生命中的三件事证明了这一思路的好处。"李翠峰说，"第一件事是高考，目标明确：要上大学。第一年和第二

中国娃娃(Pucca)

你一定见过她，那个穿着具有浓郁中国特色的红黑的衣服、头扎两个大圆髻，永远带着微笑的可爱女孩！她是韩国中餐馆的宝贝女儿，"韩国最强悍的女生"Pucca。Pucca聪明勇敢，筷子舞加百变炸酱面的吃法是她的招牌绝技，各种大胆新奇的怪招层出不穷，在她身上折射出新一代时尚女性积极大胆的果敢作风与聪明才智，她也因此成了超人气明星。

年我都没考上，第三年我终于考进了北大；第二件是背单词，目标明确：成为中国最好的英语词汇老师之一。于是我开始一个一个背单词，在背过的单词不断被遗忘的痛苦中，母亲捡砖头的形象总能浮现在我眼前，最后我终于背下了两三万个单词；第三件事是我要进新东方，目标明确：要做中国最好的英语培训老师之一。然后我就开始给学生上课，平均每天给学生上6到10个小时的课，很多老师倒下了或放弃了，我没有放弃，到今天为止我还在努力着，并已经看到了我的这座房子能够建好的希望。"

李翠峰老师说着，嘴角露出了微笑，对大多数人来说，她已经成功了，而她觉得她一直在路上，因为她还有目标没有完成。

成长课堂

先想好自己要做什么，然后有针对性地去做好准备，当你准备充足的时候，也就是你的目标达成的时刻了。这就是一个母亲教给女儿的简单哲理，为你的人生树立目标，然后为这个目标去努力，等你的努力足够的时候，你的目标也将会实现。

优秀女孩宣言

做一个有目标而且为了目标做充足准备的人，我会有更美好的未来。

如何烧开一壶水

一位年轻女子满怀烦恼却不知如何解决，经人指点，决定去向一位智者请教。

她大学毕业后，曾经豪情万丈地为自己树立了许多目标，几年来，她一直为这些目标努力奔波忙碌着，从来没有偷懒，可到最后，依然一事无成。这让她觉得非常沮丧。

她找到智者时，智者正在河边的小屋里读书。

智者微笑着听完女子的倾诉。然后对她说：来，你先帮我烧壶开水！

女子环顾四周，发现在屋子的墙角处放着一把极大的水壶，旁边是一个小火灶，可是没发现柴火，于是她便起身出去寻找柴火。很快地，她就从外面拾了一些枯枝回来，然后把大水壶装满了水，放在灶台上，又在灶内放了一些柴火，烧了起来。可是由于水壶实在太大了，那捆柴火全部烧尽，水还是没开。

她很失望，但是不得不跑出去继续找柴火。虽然她已经尽可能快地找了，可是，等她把柴火拿回来时，那壶水已经凉得差不多了。

这一次她学聪明了，没有像之前那样急于点火，而是再次出去找了很多柴火回来。由于这次的柴火准备得很充足，水终于烧开了。

她来到智者面前，智者忽然问她："如果没有足够的柴火，你该怎样把水烧开？"

女子静静想了一会，摇了摇头。

智者说："如果那样，就把水壶里的水倒掉一些！"

女子一愣，然后若有所思地点了点头。

智者接着说："你一开始踌躇满志，树立了太多的目标，就像这个大水壶装的水太多一样，而你又没有足够的柴火，所以不能把水烧开，要想把水烧开，你或者倒出一些水，或者先去准备柴火！"

女子顿时大悟。

回去后，她认真审视了自己的条件，然后根据自己的实际情况把计划中所列的目标划掉了许多，只留下与自己能力最为接近的几个。同时，她又利用业余时间去学习各种相关的专业知识，不断充实自己。

经过几年的努力，她的目标基本上都实现了。

成功不是一蹴而就的事情，我们不能贪心地让自己在一夜之间做出伟大的成就。只有删繁就简，从最近的目标开始，才会一步步走向成功。万事挂怀，只会半途而废。另外，我们也不能满足于自身的现状，只有不断地捡拾那些柴火，才能使人生不断加温，最终才能让生命沸腾！

成长课堂

有时候，我们失败不是因为我们没有能力，而是因为目标过多或过高。不要期待自己一次就可以成功，设立一个切合实际的目标，从自己有能力做到的事情开始，渐渐地，就会发现，成功已经在我们手中了。

优秀女孩宣言

我要马上设定一个适合自己的目标，不久的将来，大家一定会看到我的变化！

读了这么多精彩的故事,你有没有得到什么启示呢?你会朝着自己的目标不断努力吗?跟我一起来训练营检验一下自己吧!

李菲的大梦想

李菲是一个志向远大的女孩,她给自己设定的目标就是获得诺贝尔文学奖,去做第一个获得诺贝尔文学奖的中国女作家。这个目标的树立已经有好几年了,所以李菲一直在提高自己的写作水平。可是前不久,当她看到诺贝尔奖的获得者们都是那些德高望重的老作家,而且中国籍的女作家还没有一个获得诺贝尔奖时,她不由得心里一沉。

她问自己,这个目标是不是过于远大了?

带着这个疑问,她去问语文王老师,王老师听到她这话,不由得笑了。

同学们,你们知道王老师为什么笑吗?

她又会怎么帮助困惑的李菲呢?

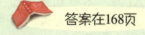

答案在168页

《智多星的故事》答案:

我抬头往蔡亚丽的书包里一看,原来她的书包里除了课本和作业之外,还有很多的知识类课外书,正是这些书籍,让她的知识如此丰富啊!

蔡亚丽得意地说:"要想变成一个'智多星',最关键的一点就是拥有丰富的知识了,而我获得知识的途径就是不断地阅读,阅读让我知道了很多以前不了解的东西。书本就好像一个神奇的世界,可以带给我前所未有的享受。我一直都喜欢阅读,也正是因为阅读,让我变成了同学们中的'智多星'!"

听了蔡亚丽的话,我忍不住连连点头。从今天起,我也要督促自己不断阅读,畅游在知识的海洋中,我也要变成一个"智多星"。

第三章
端正学习态度，增添成绩优异的砝码

◀ 以前的我

看着发下来的语文测试卷上错误的地方。

不管了，反正老师要评讲的。

把试卷塞进了课桌下。

◀ 现在的我

我一边看试卷上的错误，一边翻课本。

在老师评讲前，看我自己能不能改正确。

自己动手修改。

让女孩热爱学习的 62个 故事

◀ **以前的我**

可可，周末去补习半天数学，好不好？

妈妈让我周末去补习数学。

反正这门课我学不好，补习也白搭。

我走进屋，不采纳妈妈的建议。

● **现在的我**

好的，我一定要把这门功课补好。

我采纳了妈妈的建议。

周末，我背着书包出门去。

以前的我

老师让我们写一份新学期的学习计划。

计划还不简单啊，抄一份就好了。

从同学那儿抄来一份学习计划。

现在的我

撕掉上学期的学习计划。

重新根据这学期的情况，做一份全新的计划。

◀ 以前的我

这道题这么难，考试的时候一定不会考到，不做了。

我在埋头做题。

我的练习试卷上，有一半都是空白没有做的。

◀ 现在的我

我再多算算，一定可以做出来的。

遇到难题，主动思考。

我的练习试卷上，每一道题都做好了。

我的成长计划书

有效的学习方法，成功开启智慧大门

我的成绩很一般，班上有很多学习比我好的同学，在老师眼中，我大概是很不显眼的一个吧。每当想到这一点，我都很沮丧，学习也没什么积极性了。遇到不懂的问题，想问老师却不敢，想问同学，又怕被他们嘲笑。就这样，我不懂的东西越来越多，听课也越来越吃力了。我很担心，再这样下去，岂不是什么都不会了？我一定要尽快改变自己才行。

1. 积极认真地执行自己已经制订好的学习计划。

2. 预习功课的时候，不再随便翻翻就算完了。

3. 遇到学习困难，要勇敢地迎难而上。

4. 在完成老师布置的任务后，主动学习自己的弱项学科。

5. 阅读课外书后，不再让妈妈提醒，自己完成读书笔记。

6. 从学习中寻找乐趣和自信，并以

此不断鼓励自己。

捕蝉 的 妙法

有一位老师带着自己的学生出去采风，这是他们最喜欢的活动，不仅是因为采风可以看到很多平日里看不见的景色，而且还因为采风是一个和老师一起出游的难得的机会他们的老师是一位年轻的女士，但是却拥有高尚的德行，每一个人都希望和她结交。

当这位老师带着一群嘻嘻哈哈的学生来到郊外的时候，他们从树林中走出来，看见一位驼背的农妇正在捕蝉。她拿着竹竿粘捕树上的蝉就像在地上拾取东西一样自如。

"阿姨捕蝉的技术真高超。"老师恭敬地对农妇表示称赞后问，"您捕蝉想必是有什么妙法吧？"

农妇见这位老师这么有礼貌地请教自己，就和蔼地笑了笑，回答了她的问题："方法肯定是有的，我练捕蝉五六个月后，在竿上垒放两粒粘丸而不掉下，蝉便很少能逃脱了。如垒放三粒粘丸仍不落地，蝉十有八九会捕住；如能将五粒粘丸垒在放竹竿上，捕蝉就会像在地上拾东西一样简单容易了。"

老师听她这么一说，自己也来了兴趣，说："那我能不能请您教一教我呢？也顺便教一下我这些学生们，他们总是很调皮，我想他们会需要这个的。"同学们都大笑起来，一个个说："我们才不想去捕蝉呢，这可不是我们的理想。"老师却笑了，说："同学们，捕蝉其实和我们学习是一个道理，难道你们不觉得吗？听一听这位阿姨的建议，会让我们更加充实，也许可以吸收到对我们有益的东西也不一定啊！"

捕蝉农妇见老师这样说，就将将自己凌乱的头发，然后严肃地对这位老师和学生们传授经验。她说："捕蝉首先要练站功和臂力。捕蝉时身体定在那里，要像竖立

的树桩那样纹
丝不动;竹竿从
胳膊上伸出去,
要像树枝一样
不颤抖。另外,
注意力要高度集
中,无论天大地
广,万物繁多,
在我心里只有

蝉的翅膀,我专心致志,神情专一。精神到了这番境界,捕起蝉来,那还能不手到擒来,得心应手么?"

　　大家听完农妇捕蝉的经验之谈,无不感慨万分。老师对身边的学生深有感触地说:"神情专注,专心致志,才能出神入化、得心应手。阿姨讲的可是做人办事的大道理啊!在我们平日的学习中,难道不正是要秉持这种态度才可以获得属于自己的成就吗?"

　　同学们听了,都若有所思,他们看着这位朴实的农妇熟练的捕蝉动作,心里发出由衷的赞叹。

成长课堂

　　学好任何本领都需苦练扎实的基本功,专心致志,日积月累,这样才能取得真功。就像捕蝉这样一件简单的事情,在所有人看来似乎都不值得钻研,可是却让一个农妇付出了如此巨大的努力,而她也在这方面取得了别人不可匹敌的技巧。如果我们以这种精神去学习,还会有什么难题攻克不了呢?

优秀女孩宣言

　　专心致志地投入到我的学习中,我才能有所收获。

完美
的巨著

曾经有一段时间，出版图书在欧洲非常流行，很多人为了出名或者牟利竞相出书，导致当时的学术界乌烟瘴气。大家为了尽快将自己的书出版，根本没有时间注意书的质量，几乎都是草草完成。

有一位著名的生物学权威教授，看到生物学的著述都错误百出，非常不满，于是她想了一个好办法。她对外宣称她决定出版一本内容绝无错误的生物学巨著。这一声明在学术界引起了轩然大波。因为这位教授非常权威，所以大家都很好奇，想知道这部伟大的著作究竟会是多么的完美。

经过了很长一段时间，在众人的引颈期待中，教授的生物学巨著终于出版了，书名叫做《夏威夷毒蛇图鉴》。许多钻研生物学的人，都迫不及待地想一睹这本号称"内容绝无错误"的生物学巨著。

但每个拿到这本新书的人，在翻开书页的那一刻，都不禁为之一怔，每个人几乎都不约而同地急忙翻遍全书。而看完整本书后，每个人的感觉也全都相同，脸上的表情都是同样的惊愕。

原来整本的《夏威夷毒蛇图鉴》，除了封面上大标题中的几个大字之外，内页全部是空白。也就是说，整本《夏威夷毒蛇图鉴》里，全都是白纸。

为什么全书都是空白的呢？难道是印刷过程出了什么问题吗？带着满腹疑问，大批记者涌进教授任职的研究所，他们七嘴八舌地争相采访教授，想弄清楚这究竟是怎么一回事。

面对记者的镁光灯，教授轻松自若地回答："对生物学稍有研究的人都知道，夏威夷根本没有毒蛇，所以这本《夏威夷毒蛇图鉴》的内容当然也就是空白的了。"教授充满智慧的双眼，闪烁着奇特的光芒，继续说道："既然整本书是空白的，当然也就不会有任何错误了，所以我说，这是一本有史以来，唯一没有错误的生物学巨著。

女孩卡片

金牌背后

　　5岁那年，刘璇进了长沙市少年宫体操班。从此以后，她的时间表就排得满满的。一次，刘璇得了腮腺炎，爸爸替她请假在家休息。然而，真的闲下来，刘璇却开始想念体操房，想念海绵坑，想念那些跟她同甘共苦的小伙伴们。她磨着爸爸，要他带她去体校，爸爸明白女儿的心意，就把她送了回去。在刘璇心中，体操是个让人又爱又恨的东西，而父母是最理解她这种心情的人，在她奥运会的金牌背后有父母的一半功劳。

难道有什么不对吗？"

　　这位生物学教授的幽默感，你能领会吗？

　　为了不犯错误而故步自封，或是因为过去的决策错误，造成重大损失，而自己裹足不前，岂不正如前述的那位教授出版空白纸张一般？重要的是，我们的人生焉能留白？生命的笔记当中，还有无数的空白页面，有待我们勇敢地提起行动的彩笔，让它成为一页又一页丰富灿烂的精美图鉴。

成长课堂

　　花样年华，我们不能让自己的青春留白。在斑斓的年华里，我们有快意的笑容，也有承认错误的羞怯，这些都是构成青春最美的痕迹。学习的过程也一样，不要害怕犯错，有了错误的警示，才能让我们有更深刻的了解。正视错误，改了，就是最美丽的一页。

优秀女孩宣言

　　我不能因为犯了一次错，就没有抬起头来的勇气，从此一直错下去。

白卷

这是大学期末考试的最后一天。在一幢楼的台阶上，一群工程学高年级的学生挤作一团，正在讨论几分钟后就要开始的考试。她们的脸上都充满了自信，这是她们参加毕业典礼之前的最后一次测验了。

一些人谈论她们现在已经找到的工作，还有一些人则谈论她们将会得到的工作。带着经过4年大学学习所获得的自信，她们感觉自己已经准备好了，甚至能够征服整个世界。

这场即将到来的测验将会很快结束。教授说过，她们可以带任何想带的书或笔记，要求只有一个，就是她们不能在测验的时候交谈。

她们兴高采烈地冲进教室，教授把试卷分发下去。当学生们注意到只有5道评论类型的考题时，脸上的笑容更灿烂了。

三个小时过去了，教授开始收试卷。学生看起来不再自信了，她们的脸上是一种恐惧。

教授俯视着他面前这些焦急的面孔问："完成五道题目的有多少人？"

没有一只手举起来。

"完成四道题的有多少？"

仍然没有人举手。

"三道题？两道题？"

学生不安地在座位上扭来扭去，几个姑娘不好意思地低下了头，她们没有想到自己辛苦学习了四年之后，居然对专业问题还是这么的一无所知，这让她们惭愧不已。

"那么一道题呢？肯定有人完成一道题的。"教授的声音又一次响起，似乎他急切地想知道是否有人真的完成了这个问卷。

整个教室仍然沉默。教授放下了试卷。"这正是我所期望得到的结果。"他说。

"我只想给你们留下一个深刻的印象，即使你们已经完成了四年的工程学习，但关于这个学科仍然有很多东西是你们还不知道的。这些你们不能回答的问题，是与每天的日常生活实践相联系的。"然后他微笑着补充道，"你们都将通过这次测验，但是记住——即使现在你们大学毕业了，你们的教育也还只是刚刚开始。"

随着时间的流逝，教授的名字已经被遗忘，但是他的这堂课却没有一个学生遗忘。

"即使现在你们大学毕业了，你们的教育也还只是刚刚开始。"这句振聋发聩的话语不仅仅是说给大学毕业生听的，更是说给每一个人听的良言。

工作十几年后，我仍然常常觉得自己需要不断地充实自己，仍然常常感到知识的贫乏，这也许就是前人所说的"活到老，学到老"吧！

无论何时，都要告诉自己：教育才刚刚开始！

成长课堂

学习是一个人一生的事情，不要以为毕业就等于已经学成，在我们的人生道路上，永远都不能停止的只有两件事，一个是呼吸，另一个便是学习。把学习作为自己的终身目标，那么你也会始终都在前进的道路上。

优秀女孩宣言

不管到什么时候，我都不会放弃学习。

落榜的女孩

这一年的研究生考试中，女孩虽然准备得很充分，但是无奈对手实在是太强了，热门专业更是人满为患。女孩最后还是落榜了，中午，她坐在校园里喷泉旁边的一条长椅上黯然神伤，开始回忆自己发愤学习的每一个细节。

从上学的第一天开始，她便时刻提醒自己要努力。每天即使有再多的学习任务，她也从不抱怨，从早上就开始看书学习，一直到晚上，有时甚至连一顿午饭都没有时间吃。傍晚大家都放学回家了，偌大的教室里只有她一个人忙碌的身影；而早上，第一个到教室的也总是她。有好心的同学劝她不要这么拼命，她也只是笑笑表示感谢。

她总是把自己的时间安排得满满的，甚至周末还要自习。尽管如果但是她一想到成功考研的兴奋，就都觉得自己的付出是值得的，因为这样的机会对她来说不会有太多，她很珍惜，希望可以尽力做到最好。可是不知为什么，她的成绩总是没有起色，心里的压力不断地增加，让她几乎连喘气都觉得好累。有时候女孩自己也很迷茫，不知道这样的坚持究竟有没有意义，但是最后她都劝自己坚持下去，把挫折当做是磨炼。

准备考研之后短短的一个月时间，女孩的体重下降了将近10公斤。累的时候，她也曾经偷偷哭过，可是哭过之后依然在坚持。她一遍一遍地对自己说，只要再坚持一下，总有一天，我会实现我的梦想。她真的已经尽了自己的全力，可是今天，她还是被无情地踢出了局。她感到自己的生活失去了颜色，变得黯淡无光。

这时她看到远处的草坪上，一个妈妈带着女儿在学走路。那个女儿看上去很娇弱，小小的身子似乎还无法支撑住她的重量，所以她总是摔倒。有时候想快走几步，结

果反而摔倒；又有时候，因为自己的脚把自己绊倒了，又会摔一跤。在软软的草地上，摔跤其实不会太疼。女孩每一次跌倒，她都会抬起头，用亮晶晶的眼睛看着自己的妈妈，等到妈妈对她招手，鼓励她自己爬起来，她就用胳膊撑起自己的身子，一次又一次站起来。

周围有很多的同学和老师，在草坪边上看着这母子俩，大家的眼睛里都充满了温情，为了这个不断跌倒又爬起来的小女孩，也为了这幅充满了温情的母子图。

女孩不由得也站起来，她走过去看着那个不断摔跤又不断笑着爬起来的小妹妹，心头忽然一热——她这么学习走路，是不是会觉得自己很辛苦？会不会觉得自己无法办到？摔跤之后，小妹妹会难过吗？

这一切的答案都是很明显的，小妹妹总是笑着，她也许是不知道难过，也许是根本不会为这件事情难过。

只是一瞬间，女孩忽然笑了，她想起，自己不也是这么走过来的吗？自己也曾经这么爬起来又摔倒，那么为什么这一次摔倒自己就不能爬起来呢？虽然这次的考试失败了，但是她还有下一次的机会，就好像这个小妹妹一样，总会再次站起来，难道不是吗？

"是的！你还有站起来的机会！"女孩微笑着对自己说，然后甩一甩马尾，她朝着阳光下的校门大步走去。

成长课堂

不要因为一次的失败就否定自己的付出，不要被已经发生的事情困住，至少不要一直在失望、沮丧的情绪中徘徊或慌乱，因为你的心情不能左右过去。不管是学习还是人生，失败难免会出现，但只要我们坚持，就会有胜利的那一天。

优秀女孩宣言

让自己勇敢地站起来，我会有自己的胜利。

95岁的大学毕业生

活到老学到老，美国堪萨斯州95岁的老妇诺拉·奥克斯算是真正践行了这句话。

就在2007年的7月13日，她获得了堪萨斯州海斯堡州立大学历史学学士学位，从而打破吉尼斯世界纪录，成为全球最年长的大学毕业生。目前，她还在考虑读硕士学位。

在7月13日海斯堡州立大学举行的毕业典礼上，共有2176名毕业生获得学位，其中包括奥克斯和她的孙女亚历山德拉。当奥克斯从州长手里接过毕业证书时，所有在场的人不顾禁止在念完所有毕业生名单前，全都起立长时间地鼓掌，向这位老太太表示敬意。

奥克斯本人也很激动，她一边戴着学士帽，一边说："我感觉很好，我为此而骄傲。"与她同时毕业的孙女也骄傲地说："能与自己的祖母一起毕业，真是太令人惊奇了。"奥克斯的一些来自加州的亲属穿着印有"奥克斯迷"的T恤衫，在台下欢呼。

据悉，奥克斯有3个儿子、13个孙子孙女和15个曾孙。她早年高中毕业后，曾当过小学教师。1972年，在携手共度了39年的丈夫去世后，她重新燃起了"大学梦"，开始在社区大学听课。

去年秋天，奥克斯从自家农场搬到160公里外的海斯堡州立大学的学生公寓，成为完全脱产的学生，以便完成拿到学位所需的最后30个学时。虽然以95岁高龄生活在20来岁的年轻人中间，但奥克斯没有一点不舒服，用她自己的话说："我没觉得自己是个外来人。"

目前，奥克斯创下了新的吉尼斯世界纪录，成为全球最年长的大学毕业生。此前这一纪录的保持者是莫泽勒·理查森。2004年，时年90岁的理查森获得了俄克拉何马大学新闻专业学士学位。

奥克斯并不认为自己是个英雄，她表示自己并没有刻意想要成为世界上最年长

美丽只是成功的外衣

长期以来，林志玲一直为浪琴表代言。有一次，她来到西安为浪琴做宣传，与当地100多位经销商一起吃饭。其间，每一个经销商走到她身边与她合影的时候，身高174公分又穿高跟鞋的林志玲一定会膝盖微弯，蹲到和对方一样的高度，眼神平视地和对方握手。那个晚上，林志玲一共蹲了80多次，这也让浪琴表的全球总裁看在了眼里。正是因为那次出席，林志玲有机会在国际媒体前亮相，从此成为大家注目的焦点。

的大学本科毕业生。她在丈夫去世后，为摆脱孤单的生活，经常会去报读一些小区里的大学短期课程，经过多年的学分累积，她水到渠成地拿到了这一荣誉。

奥克斯的历史教授说："如果我在课上讲错了，奥克斯就会告诉我，在她看来，事情不是那样的。"奥克斯善于讲过去的故事，并主动为同学们回忆上世纪美国大萧条和第二次世界大战时的情景，她的讲述"为历史增加了色彩"。

在被问到毕业后的计划时，奥克斯表示首先要回家，在农场帮助收庄稼；其次是去旅行，"打算在一艘船上当故事讲解员，给旅客讲故事，以此完成自己的环球旅行"；但是她长远的计划则是继续学习，攻读硕士学位。奥克斯说："如果我再拿到一个硕士学位，大家也不要太惊奇。"

成长课堂

如果说年轻人学习是为了获得一个更美好的未来，那么一个95岁的老人还在坚持学习，她是为了什么？她并不需要通过学习来证明什么或者赢得什么样的赞誉，她所追求的只是学习带给她的快乐，就这么简单的一个理由而已，而这才是学习的真谛。

优秀女孩宣言

学习让我们的生活更充实，更快乐。

了解学习的重要性

像其他的孩子一样，贝蒂·沃尔特小时候也曾有很长一段时间不仅不爱学习，还非常厌恶学习，甚至把学习当做自己最大的敌人。

然而，多年以后，贝蒂变成了一个相当有影响力的文学大师，她的学识已远远超过了一般的学者。这是怎么回事呢？在贝蒂不喜欢学习的时候，贝蒂的父亲想尽了一切办法也没什么用。那时的小贝蒂成天无所事事，为此，不知遭到了父母多少次的责骂。

一个偶然的机会，贝蒂的父亲见到了著名的人类学家福斯贝特·库勒，由于库勒博士非常热衷于教育，便对贝蒂的父亲讲述了许多名人的教育情况，这使贝蒂的父亲深受启发，回家后便改变了对待女儿的态度，并开始运用全新的教育方法。

他不再要求小贝蒂完全服从他的意愿，而是常常向她讲述历史上那些伟人的事迹，并告诉她，伟人们小时候全都是热爱学习的孩子。就这样，小贝蒂对学习有了新的认识，开始在心目中形成与崇高、伟大相关联的概念。在她幼小的心灵里面，这些故事的影响是显而易见的，当父亲告诉她一个伟人的故事的时候，第二天，她就会模仿那个伟人来说话和做事，这种可爱的行为给了父亲以鼓励。

有一天，贝蒂的父亲与友人谈论一个他们不久之前遇到的流浪汉，当父亲发现小贝蒂就在不远处玩耍时，便故意提高了说话的音调："听说那个流浪汉从小就不爱学习，整天游手好闲，他以为不学习照样能生活得很好。没想到，他现在想为自己找条出路都不行了。因为他什么也不懂，什么也不会，只能成为一个靠乞讨为生的人。"

小贝蒂听到了父亲的话，突然感到了一种前所未有的震动。她想："我应该做高尚的人还是靠乞讨为生的人呢？"

女孩卡片

J.K.罗琳的童话世界

随着《哈利·波特》风靡全球，它的作者和编剧J.K.罗琳成了英国最富有的女人。她的成功恰恰在于她坚持自己的信念。在女儿的哭叫声中，她的第一本《哈利·波特》诞生了，她的作品被翻译成35种语言在115个国家和地区发行，创造了出版界奇迹。罗琳从来没有放弃过自己的信念，即使她的生活再艰难，她也坚信有一天，她必定会到达事业的顶峰。

显然，小贝蒂愿意成为一个高尚的人。第二天小贝蒂就表现出了以往从未有过的学习热情，并从此开始认真学习，总是主动要求父亲教她各种知识。因为贝蒂从这一刻开始对自己说："我一定要努力地学习，只有这样，我才不会变成一个流浪汉。"

从那以后，刻苦学习伴随了贝蒂的一生。最终，她实现了自己的愿望，成了一位令人尊敬的高尚之人。在贝蒂的回忆录里，她浓墨重彩地描写了父亲对自己的影响，因为在她眼里，正是父亲的潜移默化，才让她明白了学习是多么重要的一件事，她需要为了这件事付出自己全部的热情和时间，只有这样，她才能获得生活的赞美。

成长课堂

一个有远大志向的人，要实现自己的理想，必须要通过学习。对于所有人来说，学习是平等的权利，也是人人都可以走上的道路。但是如果你放弃了这条道路，那么所有的梦想和志向，将要走向哪里就会成为一个未知。

我永远都不能放弃通过学习改变来自己。

白色 的 金盏花

美国一家报纸曾刊登了一则园艺所重金征求纯白金盏花的启事，在当地一时引起轰动。高额奖金让人心动不已，但金盏花除了金色的，就是棕色的，培植出白色的绝非易事。

人们很快便把那则启事抛到了脑后。

一晃就是20年。一天，那家园艺所意外地收到了一封热情的应征信和100粒"纯白金盏花"的种子，当天这件事就不胫而走，引起了轩然大波。

寄种子的原来是一个年逾古稀的老人，老人是一个地地道道的爱花人。当她20年前看到那则启事时，便不顾8个女儿的一致反对，义无反顾地干了下去。她撒下了一些最普通的种子，精心侍弄。一年之后，金盏花开了。她从那些金色的、棕色的花中挑选了一朵颜色最淡的，任其自然枯萎，以取得最好的种子。次年她又把它们种下去。然后，再从这些花中挑选一朵颜色最淡的花的种子栽种……日复一日，年复一年，终于，在我们今天都知道的那个20年后的一天，她在那片花园中看到一朵金盏花，它不是近乎白色，而是如银似雪的白。一个连专家都解决不了的问题，在一个不

女孩卡片

美国众议院的大嘴老美女佩洛西

2006年11月7日，美国中期选举民主党大胜，佩洛西如愿成为美国首位众议院议长。美国媒体将佩洛西与国务卿赖斯、前第一夫人希拉里形容为当时美国政坛的"三朵金花"。佩洛西的爸爸和哥哥都曾是美国东部马里兰州巴尔的摩市的市长，在她还是十几岁的孩子时，就常常站在市长父亲身边，认真地帮父亲记录所有处理过的问题。有人开玩笑地问她："我们应该怎么称呼你呢？发言人小姐？"她则大方地回答，"不，市长有专门的发言人，叫我'南希'好了。"

懂遗传学的老人手中迎刃而解。

这不是奇迹吗？

奇迹的产生，原本来源于老人对白色金盏花的渴望，她运用简单的筛选法，以锲而不舍的精神，终于使这个世界上从此有了白色金盏花。奇迹必然会伴随着坚持而来，坚持不懈的力量是强大的，坚持是奇迹的种子，没有坚持就丧失了动力，更不必谈奇迹。哪怕是一个简单的愿望，辅之以行动，也会产生令人惊羡的奇迹。

成长课堂

其实，学习知识和培育白色的金盏花道理是相通的，成功需要一种持之以恒、永不放弃的态度，谁能坚持到最后，谁就能培育出属于自己的白色金盏花！

优秀女孩宣言

坚持自己的梦想，是一种积极向上的学习态度。

读了这么多精彩的故事，和故事中的主人公比起来，你觉得自己是个懂得如何对待学习的好学生吗？不妨来训练营检验验一下自己吧!

为谁而学习

　　李小萌是班上最优秀的学生之一，深得老师的喜爱。可是最近，老师发现她的学习成绩一路下滑，上课也不专心听讲了，下课更是急急忙忙地跑出去玩。每一次的检测成绩出来后，她看上去很着急，可是不一会儿好像又忘记了这回事似的，跑出去踢毽子了。

　　王老师看在眼里急在心里，她向同学们了解了一下情况，原来，最近李小萌的爸爸妈妈都出国考察去了，所以家里只有她和爷爷奶奶，而爷爷奶奶又对她很溺爱，所以李小萌变得无比轻松，再也不用担心考试不好回家会被责罚了。因此，她就放松了学习的劲头，导致成绩一路下滑。

　　同学们，你知道王老师该怎么帮助李小萌吗？如果你是李小萌，你会怎么做？

答案在150页

《聪明来自勤奋》答案：

　　王晓培说："让人变聪明的秘密很简单，其实只有人尽皆知的两个字，那就是：勤奋。"

　　看着大家疑惑的神情，王晓培说："同学们，其实勤奋学习并不是你们想的那么可怕，只要你执著于一件你必须要去做的事情，勤奋就成了自然而然的事情了。当你看着自己的成绩在一点点上升时，你就会明白自己的努力没有白费，也就会用更努力的姿态去迎接更大的挑战。自制力稍微差一点的同学，可以用一些名言警句来时刻提醒、激励自己。我相信只要同学们都这样努力去做了，每个人都可以取得好成绩的！"听了王晓培的话，大家激动地鼓起掌来。

第四章
有效的学习方法，成功开启智慧大门

◀ 以前的我

可可，太晚了，该睡觉了。

爸爸推门进来叫我睡觉。

我把所有的时间都用来学习，怎么成绩还是没有起色？

已经晚上12点了，我还在埋头学习。

◀ 现在的我

我做了一张作息时间表贴在墙上，让自己劳逸结合。

我的学习成绩上升了。

以前的我

我就喜欢学语文。

理科作业都扔一边，只学语文。

只要语文成绩好就可以了。

理科成绩总是在60分上下，我却不在乎。

现在的我

这成绩以后怎么考大学啊！

看到理科成绩，我很着急。

我把更多的精力放在学习理科上。

以前的我

上课没认真听，现在不会做了，唉……

我对着家庭作业，不断挠头。

快，把你的作业借我看看。

跑到同学家借作业本来抄。

现在的我

课后，我把课堂上没听懂的问题向老师请教。

做起作业来顺风顺水，很快搞定。

◀ 以前的我

课堂英语阅读时，有很多不认识的单词。

我不知道这是怎么回事。

◀ 现在的我

上课时将难记的单词专门记在一个小本上。

每天将这些单词拿出来复习，加深记忆。

我的成长计划书

有效的学习方法，成功开启智慧大门

我学习一直很努力，课余时间几乎都用来学习了。为了提高成绩，我已经很久没和小伙伴们一起出去玩了。每天累得头晕目眩，测验结果却还是这么不理想，真是让人着急。我要赶快找到一个好的学习方法，不然我的学习总是事倍功半。

1. 在学习中遇到问题时，不再马上去问别人，先自己独立思考。

2. 向别人请教难题时，不只看别人的结果，而要搞清楚为什么。

3. 将预习过程中遇到的不能解决的问题记录下来，上课时认真听老师讲解。

4. 分析试卷和作业中出现错误的原因，避免犯同一种错误。

5. 每隔40分钟休息一次，避免太累，提高学习效率。

6. 把学习计划贴在墙上，随时提醒自己。

嚼烂的 苹果

以前我读书的时候，对老师的要求很高，认为老师不好的话，就觉得我不太学得好；老师好的话，我就会学得比较好。所以当我碰到水平不是很高的老师或不喜欢的老师时，就会感叹自己运气不好；碰到这样的老师，成绩不好了更会把所有的责任都推到老师身上。可是看了下面的小故事后，我认识到我的观点是错误的。

有一个很好学的姑娘，她在大师的门下学习了很久，可是一直觉得自己进步不大，所以她诚惶诚恐地来请教她的老师，问："老师，请问我要怎样做才能够学会您所有的智慧呢？"

老师是一位很有智慧的大师，他听到姑娘这样的问题，笑了笑，对于这样的学生，这位老师见过很多，他们因为太渴望成功，而一直都希望可以找到让自己可以快速成功的捷径，但是对于学习来说，是没有任何捷径的。当老师每一次说到这个道理的时候，学生们都不以为然，他们觉得自己能找到更好的办法，让自己快速成才。

所以这一次，老师没有正面回答这个姑娘，而是反问她说："那么，你认为应该怎么样才能够学会我所有的智慧呢？"

姑娘想了想，立刻说："我认为，老师最好能够一次教会我所有的智慧的关键，让我能够完全了解老师所了解的事情！"

大师笑了笑，没有回答这个学生的问题，他从桌上拿起一个苹果，放到嘴边，大大

地咬了一口。那苹果似乎很甜,大师吃得有滋有味,只是苦了这个在一边等答案的姑娘。

大师望着他的学生,口中不断咀嚼着苹果,不发一言。

过了好一会,大师才又张开嘴,将口中已经嚼烂的苹果,吐在手掌当中。大师伸出手,将已嚼烂的苹果拿到姑娘面前,然后对着他的学生说:"来,把这些吃下去!"

学生惊惶地说:"老师,这……这怎么能吃呢?"

大师又笑了笑,说:"我咀嚼过的苹果,你当然知道不能吃,但为什么又想要学会我所有的智慧呢?你难道真的不懂,所有的学习,都必须经过本人亲自去咀嚼。"

是啊,老师的确会在你的学习生涯中起到很重要的作用,但真正起作用的还是你自己,是通过你自己去学的,老师只是教你怎么学,并不是把他的知识原封不动地给你,因此你成绩的好坏,跟老师自身的水平高低并没有直接的关系。

成长课堂

学习智慧需要一个自己体会的过程,任何被直接灌输的知识都不会成为真正属于你的知识。只有当我们亲身去实践、体会,才能了解知识本身的含义,也才算是真正吸取到了知识的能量,让知识为我所用。

优秀女孩宣言

知识的获取必须要自己亲身去体会,这样才是真正属于我的知识。

理解的东西 才能记住

当代著名的女作家张抗抗，曾经在1969年中学毕业后到黑龙江国营农场劳动8年，当过农工、砖厂工人、通讯员、报道员、创作员等。后来她还在北大荒插队，但是通过她坚持不懈的学习和提高自己，她于1979年加入中国作家协会从事专业创作，并任黑龙江省作家协会副主席、中国作家协会理事等职。在她的创作中有很多个性鲜明的人物，常常让人在她的故事里流连忘返。但是最让人叹服的还是她的超强记忆力。

有一次，张抗抗去一个远离北京的城市采风。在火车上，张抗抗带了好几本厚厚的书，并专心致志地看着。这时，坐在张抗抗对面的一位女孩问道："这么多书，您看完之后记得住吗？"

张抗抗说："当然可以记住，不相信你可以提问。"车上的旅客们看到张抗抗如此自信的邀请，都开始起哄，让那个女孩来提问，看看张抗抗是不是真的那么神，因为那本书看上去挺厚的，不可能记住啊！女孩有些不好意思，她担心眼前的这位大作家要是没有记住，岂不是要丢脸了，她可不想自己喜欢的作家在这么多人面前被问住，那可不是一件光彩的事情。

但是，张抗抗把书递给了对面的女孩，笑着说："没有关系啊，我们来试试，记不住的话我可以再看几遍。"女孩见张抗抗真的让自己问，就笑着拿起了书，来向张抗抗提问。结果，张抗抗居然全部答对了。

"简直是超人的记忆力啊！"那位女孩敬佩地夸奖起来。

车上的人也都开始向张抗抗投去羡慕的目光，纷纷向她讨教如何才能让自己的记忆力变得好起来，是不是有什么神奇的秘方，或者背诵的秘诀，希望张抗抗向大家传授一下。

没想到张抗抗笑呵呵地说："也没什么。这种阅读已经习惯了，学习总要抽空才

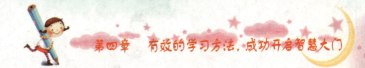

女孩卡片

韩国的当代"大长今"

2006年4月19日，韩明淑成为韩国1948年建国以来的第一位女总理。这在男性占主流的韩国政坛"一石激起千层浪"，人们纷纷评价说，韩明淑就像韩剧《大长今》中的那个近乎完美的女主角。在她的身上，你很难找到傲慢，她总是微笑着回答所有的提问，她聪明端庄，命运的坎坷磨砺出了坚定的意志，她终于凭自己的努力为女性打开了一片天地，不愧为政坛"大长今"的称号。

行的嘛。要想记住，首先要理解，理解的东西，才能记住，记住才能会用啊。"

张抗抗就是用这种看似简单的方法，记住了很多的内容，因为学习不是一个囫囵吞枣的过程，只有我们真正理解的东西，我们才能把它深刻地印在我们的脑海中。对于那些我们并不明白的东西，就算是一时记住了，那也只是一个机械的记忆，时间久了，也会忘记。

曾经有两位哲学讲师作过这样的比较，他们背诵了席勒的诗和洛克的哲学论文，结果对于抽象的哲学论文的记忆效果反而比诗歌的记忆效果要好得多。原因就是他们是哲学讲师，对洛克的哲学论文有较好的理解。

成长课堂

张抗抗的读书办法适用于每一个人，当我们阅读的时候，如果不能理解自己所阅读的内容，又怎么能算是有效的阅读呢？一个有质量的阅读，就是一个理解它、记住它并运用它的过程。

优秀女孩宣言

我应该用理解记忆来帮助我记住书中的内容。

秋瑾读书 由少到多

秋瑾从小蔑视封建礼法，提倡男女平等，常以花木兰、秦良玉自喻。

她性如豪侠，习文练武，喜男装。秋瑾第一次回到家乡，当着许多道喜的亲友朗诵自作的《杞人忧》："幽燕烽火几时收，闻道中洋战未休；膝室空怀忧国恨，谁将巾帼易兜鍪"，以表她忧民忧国之心，受到当地人的敬重。

秋瑾不仅侠气重，而且还是一个爱读书的好女孩。她读书从不贪多图快，而是注重实效。她认为，与其用读1本书的时间马马虎虎读10本书，不如用读10本书的时间老老实实去读1本书，把这本书读得字字分明，句句通透。因此，她主张读书应当由少到多。

由少到多是一个新奇的概念，在当时的学生中引起了很多人的兴趣，都请她做一下说明，什么叫做由少到多，秋瑾看着学生们好奇的眼睛，笑了，她说："其实，这个道理并不艰深，'由少到多'的道理很简单，就是一个贪多不能咽的道理啊！"

大家还是不明白，秋瑾只好说得更详细一些，她说："我读书的时候，从来都是要求自己一次不能读太多，而是一点点地读过去，虽然速度很慢，但是成效确实很不错的。很多的知识，掠过去你就记不住，而我可以反复读好几遍，当然就会记住它了。这种一点点阅读的办法，积累久了，不就是一个由少到多的过程吗？"

说到这里，大家恍然大悟，都夸秋瑾聪明，而秋瑾在学习中，也确实一直秉承着她的这个方法。

当年秋瑾曾刻苦攻读过《说文解字》。这部书系1800多年前东汉人许慎所著，是我国有史以来第一部系统分析字形和考究字源的字典，共收有9000多个字，字体均为篆籀古文，非常难读、难记。

秋瑾每天只学2~3个字，晚上睡觉时用右手食指在左手掌心默写白天学过的字，

女孩卡片

美丽的阿根廷总统

　　克里斯蒂娜·费尔南德斯，优雅迷人的阿根廷新总统。有媒体诟病她一天一款鞋，但是，褐色的长发、迷人的举止、过人的品位与保养得宜的身材并不仅仅是阿根廷人热爱她的唯一理由。她和她的丈夫——前总统基什内尔一样，是温和的左派，亲近贫苦群众，致力于民族经济的复兴，在她的就职演讲上特别提到了自己的丈夫："我身旁的这个人也是我一生的伴侣。"说完就亲吻了站在身边的基什内尔。

直到熟练了再学下一个字。《说文解字》部首共有540字，她每天读2~3字，花了一年的时间才读完。

　　秋瑾长大后才开始学外文，也是用这种方法。她每天学1个生词，一年就牢牢记下了365个基本词汇。用这样的学习方法她掌握了法文、德文和俄文。她说："我读书的办法总是以'定量'、'有恒'为主。不切实际地贪多，既不能理解又不能记忆。要理解，必须记忆基本的东西，必须'经常'、'量力'才成。"

成长课堂

　　秋瑾是一个充满了侠气的女子，同时她的文学修养也很高。她的读书方法是通过自己的实践提炼出来的，对于性格沉静的她来说实在是很合适，"贪多不能咽"的道理在我们的生活中处处可见，而秋瑾却把它应用到学习中来了。

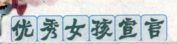

优秀女孩宣言

　　由少到多的读书方法，可以让我的阅读更加有质量。

在不经意间收获

每天清晨，奶奶都坐在厨房的桌子边阅读书籍。孙女受奶奶的影响，也尽自己最大的能力，阅读那些书籍。她们两个人坐在一起看书的样子可以说是这个世界上最为宁静美好的画面。

一天，孙女问："奶奶，我一直试图像您一样阅读这些好书，但我不能真正理解它。花费这么多时间读这些书，有什么用呢？"

奶奶平静地拿出一个用竹子编成的放煤的竹篮，对孙女说："拿着这个竹篮，取一篮子水来。"

孙女提着篮子走了。等她回到家中，竹篮里的水一滴不剩。奶奶笑着对孙女说："下次打水的时候，你必须跑得更快点儿。"孙女再次去打水，这次她跑得比上次快了许多。但是，结果依然不变。孙女告诉奶奶："用竹篮打水是不可能完成的任务。"说着孙女换了一个桶过来。奶奶说："我不需要一桶水，我要一篮子水。你能够做到，只是你尝试得还不够充分。"奶奶走出来，亲眼看孙女去打水。

孙女清楚地知道，用竹篮打水是根本不可能的，因此她想给奶奶演示一遍，让奶奶知道，即使她尽自己最大的努力，篮子里的水也会漏光。孙女盛满一篮水，飞快地向奶奶跑来，篮中空空如也。孙女气喘吁吁地对奶奶说："奶奶，您看，根本一点儿用也没有。"

"你真的认为这样做没有一点儿用处吗？"奶奶说，"好好看看这个竹篮。"孙女仔细地打量了一下竹篮，竹篮确实和之前不同了，那个脏兮兮、黑乎乎的篮子不见了，取而代之的是一个洁净如新的竹篮。

女孩卡片

西丽玛沃·班达拉奈克

　　1960年丈夫遇刺身亡后，西丽玛沃·班达拉奈克挑起了执政的大梁，世界上第一位女总理在斯里兰卡横空出世，开启女性从政先河。她用家庭妇女的生活哲学管理国家："不要只到一个店那里去买东西，要么到所有的老板那里去买，要么就不向任何一个老板买。""当两只狗打架时不要插手，让它们互相咬去吧！"这样朴素的哲理却管用了，她成为了近代女性从政史上最鲜明的旗帜。

　　"孩子，看到发生的事情了吧，阅读好书也是如此。你可能无法完全理解它，也记不住多少内容，但只要你用心阅读它，你就会在不知不觉中得到很多。"

 成长课堂

　　读书是一个漫长的积累过程，在这个过程中，我们不能急于求成，否则只会竹篮打水一场空。知识的积累需要一个过程，但是只要你用心读书，它会给予你很丰厚的回馈。

优秀女孩宣言

　　在知识的积累过程中用心阅读，我会有更多的收获。

在 教 科 书 里找答案

教科书里容纳了学生在学校里要学习的知识。经常翻看它，可以温故而知新，起到逐渐存储知识的作用。

"明天就要考试了，看教科书就行了。"初一期中考试的时候，老师这么说，同学们纷纷向老师提出了各式各样的疑问。老师非常肯定地向同学们说："该学的都在教科书里。"

老师用耐心的语气又重复了一遍。但是我前面的同学却轻轻地摇摇头表示不相信。回家的路上，我们穿过落满灰尘的操场。

"老师不是说都在这里嘛。"我把不到100页的教科书在他们面前晃了晃，提高嗓门接着说，"也不是期末考试，怕什么，该复习的都在这50来页里面了嘛。"

尽管表面上这么说，但是一想到回家还得背参考书，还得解习题集，我的心情也很沉重。当时我想：考试也不按习题集出题，为什么还要解习题集呢？还有，参考书是解释概括教科书要点的，那么为什么要把教科书里用20页阐释的内容，扩大到100页之多呢？但是，话虽这么说，每次考试前，老师都要求解习题集，所以我也只好跟着那么做了。

到昨天为止，我已经读了很多参考书，所以不想再读了。我建议回家之前一起去吃碗面条，却遭到了同学们的反对，我只好迈着沉重的脚步回了家。我浏览了一遍考试范围内的教科书内容，粗黑的文字加上许多配图，没用几分钟就看完了。可我又放心不下，还想再看一遍，但是太疲倦读不下去了。

"明天考就考吧，反正累了，先睡一觉，等妈妈下班回来，叫醒我的时候再说。"

可是那天妈妈偏偏下班很晚，吃晚饭的时候也没叫醒我。原想妈妈叫醒我之后再看一点的，不料妈妈直到吃早饭才叫醒我。我睡眼惺忪地看了一下挂钟，就傻眼了："糟了，怎么办？"

只见桌子上有一张昨天复习时记下的笔记。我迅速地拿起那张纸，匆匆来到饭桌前，一边吃饭一边看笔记。妈妈问我："怎么啦，要考试啦？"

"是啊！"我心不在焉地回答。

到学校趁考试前的时间我再一次浏览笔记。打开考试卷子的时候，我的心里还嘀咕："也不是天才，只在考前浏览一遍，唉，玩儿完了。"

但是奇迹发生了，做题时，每道题的答案都浮现在眼前。那次我得到了最高分96分，那件事情至今仍历历在目。

这究竟是怎么回事呢? 自那以后，又过了4年，我来到了美国。在那里，我逐渐懂得了其中的奥秘。高二的时候，学校请来名牌大学的老师，给我们讲授学习技巧。那位老师说: 考试之前注意看教科书，考试的时候印象最深。

每当听到"考试要靠平时的积累"这句话的时候，我总是禁不住叹着气嘀咕："说得倒轻巧。"但是，这句话其实是真的。只要我们养成专心听课的习惯，就不用专门为考试临时抱佛脚，能答对大部分内容。临近考试才废寝忘食地学习，是得不到考试所需的足够信息的。

教育专家指出: 每天集中精力学习5分钟，比一周一次10个小时的集中学习更有效。不仅学习是这样，运动、学习艺术等也是这样。有报道表明，美国的教育将要导入这个方法。每天聚精会神地学习3分钟，这要比考试前集中学习几百个3分钟更有效。

成长课堂

考试前复习的目的，不是为了背诵整个学期所学的内容，而是为了唤起以前曾经学过而又远逝模糊的记忆。平时不好好学习，快要考试了才拿起书本拼命用功的人，考试的时候一般都难以取得好成绩。所以我们要牢固掌握课堂上讲授的内容和教科书上的内容，经常翻看复习，才能从容应对考试。

优秀女孩宣言

上课时我要聚精会神地听老师的讲授，考试之前，我还要再复习巩固教科书。

人的 能力 是无限的

一位音乐系的学生走进练习室。她看到在钢琴上，摆着一份全新的乐谱。

"超高难度……"她翻着乐谱，喃喃自语，感觉自己弹奏钢琴的信心似乎跌到了谷底，消磨殆尽。已经3个月了，自从她跟从这位新的指导教授学琴之后，不知道为什么教授要以这种方式整人。勉强打起了精神，她开始用自己的十指奋战、奋战、奋战……琴音盖住了教室外面指导教授走来的脚步声。

指导教授是个极其有名的音乐大师。授课的第一天，他递给自己的新学生一份乐谱。"试试看吧！"他说。乐谱的难度颇高，学生弹得生涩僵滞、错误百出。"还不成熟，回去好好练习！"教授在下课时，如此叮嘱学生。

学生练习了一个星期，第二周上课时正准备让教授验收，没想到教授又给了她一份难度更高的乐谱，"试试看吧！"上星期的课，教授没有再提起。学生再次挣扎于更高难度的技巧挑战。

第三周，更难的乐谱又出现了。这样的情形持续着，学生每次在课堂上都被一份新的乐谱所困扰，然后把它带回去练习，接着再回到课堂上，重新面临两倍难度的乐谱。似乎无论她怎样练习都追不上进度，一点也没有因为上周的练习而产生驾轻就熟的感觉，她感到越来越不安、沮丧和气馁。当教授走进练习室时，学生再也忍不住了，她必须向钢琴大师提出这3个月来何以要不断折磨自己的质疑。

教授没开口，他抽出最早的那份乐谱，交给了学生。"弹奏吧！"他以坚定的目光望着她。

不可思议的事情发生了，连学生自己都惊讶万分，她居然可以将这首曲子弹奏得如此美妙、如此精湛！教授又让学生试了第二堂课的乐谱，学生依然呈现出超高水准的表

贝娜齐尔·布托

　　1988年，35岁的贝娜齐尔·布托成为巴基斯坦最年轻的政府首脑，也成为巴基斯坦的第一位女总理。作为政治世家里的长女，贝娜齐尔·布托受到了良好的政治培养。在父亲被残杀、家庭被迫害时，她没有丝毫退缩的怯懦，她勇敢的站出来投入政治斗争，凭的是与生俱来的政治天赋和勇气。贝娜齐尔·布托也是美丽的，她身披面纱、粉面含威的形象是现代版的蒙娜丽莎。

现……演奏结束后，学生怔怔地望着老师，说不出话来。

"如果，我任由你表现最擅长的部分，可能你还在练习最早的那份乐谱，也就不会有现在这样的程度……"钢琴大师缓缓地说。

　　人，往往习惯于表现自己所熟悉、擅长的领域。但如果我们愿意回首，细细检视，将会恍然大悟：看似紧锣密鼓的挑战，永无歇止、难度渐升的环境压力，不也就在不知不觉间养成了今日的诸般能力吗？因为，人，确实有无限的潜力！

成长课堂

　　如果一个人永远只做自己可以轻易做到的事，那么他将无法获得更大的进步。适时地给自己一些压力，或者从别人那里被动接受一些压力，可以更好地激发我们的潜在能力，带来意想不到的收获。

优秀女孩宣言

　　我要多做练习，多挑战难题，而不只是去选择自己已经学会的东西。

丰收的秘密

那年，她第一次参加大学英语四级考试，未过，奖学金也与她失之交臂，她觉得自己的天空一片灰暗。回到家，她始终没摆脱这种情绪的折磨，整日闷闷不乐。父亲知道后说，如果只抬头盯住头顶的那一小块四方的天空，那么天空有点乌云，你的世界就暗淡了。

接着，父亲和她谈起了小时候种玉米的事。

那时，村里绝大部分人都很穷，种的庄稼都食不果腹，只有咱家尚可温饱，还能经常接济邻居，为啥？因为，那时候种的玉米种子不像现在的种子都是高产种子，大都质量不好，就那还是从牙缝里挤出来的呢。一般别人家一亩地仅留10斤种子，而咱家都是留20至25斤。

人家一个坑里丢一粒玉米，咱家一个坑放2粒，有时放3粒。当然了，人家的庄稼稀稀疏疏的，有的还发育不良，而咱家的就算有一些种子不发芽，发了芽也不结果，可总还是有很多种子长势很好，因而咱家的产量最高。

稍稍一顿，父亲又道，记住，丰收的第一个秘密——多种梦想。

从那以后，她努力学英语，参加演讲、运动会、歌咏比赛，虽然还是会经常遭遇失败，但是总有至少一颗"种子"结果，她变得坦然多了。对了，她还开始写稿，最初的杳无音信让她也有些沮丧，渐渐地，她开始收到通过初审、二审的信，最让她高兴的是，她投出去很久的稿件被采用了，在某天她突然收到了样刊，生活一下子充满了梦想与惊喜。大学4年，她过得充实而忙碌，收获也颇丰，证书十几个，稿费单好几十张。后来，她又考研了，报了北京的一所大学。这边分数还没下来，那边她已经开始找工作了，几个大报社都想要她。这时，她的通知书也下来了。鱼和熊掌，舍谁？取谁？这让她很是踌躇。

她再一次询问父亲。

父亲说，等玉米长到快间苗的时候，就要把每个坑里生长的两三棵玉米，挑一棵最好的留下，其他的统统拔去，使那棵长势最好的获得充足的营养。至于哪棵玉米的长势好，得好好问问自己，毕竟是自己的庄稼。

这就是丰收的第二个秘密——去繁就简，摄心一处。

后来的后来，她还是去了北京，在学习专业课的同时，她经常写作，短短3年，便发表了百余篇文章。毕业后，她又回到了母校，28岁已经是讲师了。她学的是经济地理，却经常去文学院教写作课。

她就是我的辅导员田老师。

她现在给我们讲这些事的时候，一脸的宁静平和，好似这些都与她无关。只是不断意味深长地重复着这样两句话：多多播种梦想吧，那样在一些梦想破灭后，我们还能依然从容淡定，笑对人生；也要学会删除多余的枝叶，那样我们才能专注，才能长成高大参天的大树，才能活得更精彩。

成长课堂

上边的故事和我们的学习是一样的道理，如果现在我们是一棵树苗，各门功课的学习就是树上的枝丫，慢慢地发现自己的专长，等到能修剪自己梦想枝丫的时候，你的前进方向就清晰多了，你也就能逐渐长成繁茂的大树。

优秀女孩宣言

我要努力学好各门功课，为我的梦想铺路。

读了这么多精彩的故事，你从主人公们的身上得到什么启示了吗？不妨来训练营检验一下自己吧！

好方法带来的改变

为了让班上的同学互相帮助，共同进步，这个学期，老师把同学的位置作了调换，让学习暂时落后的同学和学习成绩比较好的同学做同桌，互相促进。

几个月下来，互帮互助的几个同学都有了明显的改变，大家都变得积极乐观了，尤是其艾晓云和夏琳这一组同学的变化最大。夏琳在艾晓云的帮助下，学习成绩得到了快速的提高。

老师让她们俩为大家做个介绍，是如何互相帮助，让对方获得进步的。艾晓云说："其实，夏琳是一个很聪明的同学，她的成绩一直不能提高，只是因为她的学习方法不对。所以我做的就是教给她一些有效的学习方法，她的成绩就提高了。"

同学们，你能猜到艾晓云到底教了什么学习方法，让夏琳的成绩提高得这么快吗？如果你是艾晓云，你会怎么做呢？

答案在132页

《向日葵的秘密》答案：

第二天，李蕾去邻居家仔细地观察那些向日葵，发现它们的脖子都是弯曲着，朝着太阳的一面似乎脖子收缩进去了，而背向太阳的一面，似乎伸出了脖子。这就是说，向阳的这一边比背向太阳的一面长得慢，因此才会有这样的弯曲效果。

李蕾回到家，又仔细地翻阅各种书籍，寻找和向日葵有关系的内容。终于，她看到了这样的解释：向日葵的花盘下面的茎部含有一种奇妙的植物生长素。一遇光线照射，生长素就会转移到背光的一面去并且刺激背光一面的细胞迅速增殖，于是，背光一面就比向光一面生长得快，使向日葵产生了向光性弯曲。

这就是向日葵总弯着脖子向太阳的原因。

第五章

珍惜时间，把握生命脉搏

◀ **以前的我**

作业还没做完，我困得哈欠连天。

好困啊，这些作业等我睡醒了再写好了……

我趴在桌上先睡会儿。

◀ **现在的我**

我高效率地完成作业。

没到睡觉时间，还能看会书。

以前的我

同学在公交车上听英语，我听音乐。

虽然在路上的时间不长，但一天天累积起来也能学到不少呢！

同学劝我也听英语。

现在的我

我把音乐碟换成英语碟。

这样学英语还挺轻松。

坐车的这段时间正好练习英语听力。

◀ 以前的我

妈，我做完作业了，我要看电视！

我做完作业后想看电视。

我坐在沙发上看电视。

◀ 现在的我

姐姐，过来陪我看会动画片吧！

妹妹让我和她一起看动画片。

我每天练琴的时间不多，不能浪费时间啊。

我坐在钢琴前拒绝了妹妹。

◀ **以前的我**

一节课的时间，我就玩半节课好了。

自习课上，我在玩泥塑。

算了，我就玩一节课好了。

桌上摆着好几个捏好的小动物。

◀ **现在的我**

我把胶泥都收起来。

自习课的时间很宝贵，不能用来做泥塑。

我认真仔细地做作业。

我的成长计划书

珍惜时间，把握生命旅程

　　我虽然很想提高成绩，但总是缺乏学习的主动性，不自觉地就浪费了很多宝贵的学习时间。比如前几天，我为了好好学习，特别制订了一份自认为比较合理的学习计划，可是坚持了没几天，我就又开始嫌麻烦，坚持不下去了。而且我写作业的速度还特别慢，经常是到了该睡觉的时间还在写作业，这样我还怎能完成学习计划呀！唉，为什么我总觉得自己缺时间呢？

1. 每天制订一个小的学习目标，明确自己要在多长时间完成多少内容。

2. 安排固定的学习时间，确保能够完成每天的学习目标。

3. 学习时要集中精神，不能三心二意。

4. 严格执行学习计划，坚持不了时，请妈妈帮忙监督。

5. 每周的课外学习时间至少要达到10小时。

6. 尽量不熬夜，保证充足的睡眠，

　　使自己精力充沛。

数学女博士的"零布头"

徐瑞云是我国第一位数学女博士,她出生在贫苦农民的家里,从小就在地里劳动:放牛、割草、犁田,什么都干。那时她想,这辈子准没有读书的机会了。但是,对于知识的渴望她却从来没有停止过。

恰好,村里一户有钱人家请了家庭教师,教他家的公子读书。徐瑞云一有空,就在窗外听,还随手写写画画。想不到这样一来,那位公子没学好,徐瑞云却学到了不少知识。她的叔叔见她这么想学习,便拿出钱,说服徐瑞云的爸爸,把她送到百里之外的一所高小去读书。但是因为当时的社会对于女孩子读书都持反对意见,所以她的爸爸起初并不是很乐意,但是架不住徐瑞云的苦苦哀求,最后爸爸只好同意送她去读书了。

在高小的第一个学期,她考了个倒数第一名。老师把她叫到办公室,热忱地鼓励她。这使徐瑞云大受感动,决心发愤图强。从第二学期起,一直到大学毕业,她每

学期都考第一。老师发现，这个女学生身上，有一股特别的劲儿———一股不服输的劲儿。

徐瑞云在80多岁时，说过这样的话："人，从少年时代起，首先要有理想，第二要勤奋。这样，既有动力，又有方法，长大以后就容易成才。"她又说："现在，条件比过去好多了，但不努力用功，无论如何也不行。有人总是强调没时间，这不对，要善于抓'零布头'。零布头可以凑成一件衣服，零星时间加在一起就能做许多事情。如果每天能利用20分钟，3天就是1小时，1个月就是10小时，一年就是120个小时，更何况，每天可以用的时间并不止20分钟呢。"

徐瑞云是抓紧时间、勤奋学习的典范。她从小学起，就抓紧时间读了好多好书。进初中后，她的第一篇作文交上去，老师一看，那写作方法，很像是古代著名的《左传》的写法，便怀疑这不是徐瑞云自己写的。

上课时，老师要考考她，随便点了《左传》上的一篇文章，要她说说写的是什么。不料，她立即一字不错地把那篇文章背给老师听。这使老师和同学们大吃一惊。原来，她读《左传》读得都能够背出来了！这是"零布头"帮了她的忙啊。徐瑞云的晚年，事情更多了，可她还是写出了许多数学著作和其他文章。她自己说，这也是抓"零布头"抓出来的。

成长课堂

抓住时间的"零布头"，原来也可以成就一番大事业，想一想，我们在生活中错过了多少这样的"零布头"啊！只要我们抓住这些时间，也可以做出一番自己意想不到的成就的，所以珍惜时间，就是要抓住这些溜走的时光啊！

优秀女孩宣言

抓住零碎的时间，也就抓住了大把光阴。

降服 时间的人

在科学王国最抽象的数学领域中,一个著名的女数学家是俄国的科瓦列夫斯卡娅。苏联和俄罗斯各为她发行了一张邮票。

索菲娅·科瓦列夫斯卡娅小的时候,她的数学才能被邻居一位数学教授发现了。教授劝告她父亲,索菲娅具有非凡的才能,应当好好培养。但是当时沙皇俄国只有男子才有受高等教育的权利,科瓦列夫斯卡娅中学毕业后只好到国外去求学。经过了艰难的求学,她终于成为了一名卓越的数学家,而且不仅如此,科瓦列夫斯卡娅

还是一个不错的文学家和社会活动家。她写了话剧《为幸福而战》和中篇小说《女虚无主义者》,描述当时严酷的社会政治问题。她的散文、诗歌同学术论文一样广为流传。

科瓦列夫斯卡娅是一个驯服命运的人,她是怎样降服时间的呢?

有一年冬天,科瓦列夫斯卡娅一家3口人要分居了。她的丈夫带着儿子到集体宿舍去住,家里只留下科瓦列夫斯卡娅一个人。

临分别的时候,她的儿子挥动着小手,两眼泪汪汪注地视着她,甜甜地喊着:"妈妈,再见!"

"再见!"科瓦列夫斯卡娅摆了摆手,送走了丈夫和儿子。他们既没有吵嘴,又没有恼气,一家人为什么要分开呢?

原来,科瓦列夫斯卡娅是在降服时间,一家人分居是为了简化生活,节省时间,把更多的时间和精力集中到数学研究上来。

以最短的时间,最快的速度,做出最好的成绩,这是科瓦列夫斯卡娅夫妻共同的心愿。科瓦列夫斯卡娅的科研任务一个接着一个,繁重的家务成了他们的累赘,这样分居,他们可以省出许多时间来。科瓦列夫斯卡娅认真地想过,时

间，是租不到、借不到也买不到的。她把时间看得很宝贵，只好这样"挤"它出来。

科瓦列夫斯卡娅一人在家，把自己的生活简化再简化。她到食堂就餐，有时，一头扎在书堆里，她竟忘了去吃饭，错过了开饭时间，她便拿出一块剩面包，用开水泡泡吃下去就算一顿饭。

她的睡觉时间，也是一再压缩。晚上，在办公室里经常熬到12点。第二天她5点半起床，6点就又到办公室，以至于对面楼上的邻居产生了误解，几次打电话来追问："请你们查一查，那是谁的办公室，每天晚上都忘了关灯！"

科瓦列夫斯卡娅就是这样以争分夺秒的精神，把握住了时间，降服了时间。

有人曾经粗略地统计过：她12年里，做了相当于25年的工作，竟比别人抢出了13年的时间！

成长课堂

为了节省时间，女科学家甚至让自己的孩子暂时离开，可见对于她来说时间是多么的宝贵，学习和科研对于女科学家来说都是很辛苦的，而她不以为苦甚至乐在其中，她这种珍惜时间的精神，感召着我们所有的人。

优秀女孩宣言

我要珍惜自己的每一分、每一秒，让它们都过得有意义。

珍惜时间的玛格丽特

　　法国女作家玛格丽特·杜拉斯出生在越南西贡。父母是教员，父亲的早逝，使她家里的生活日益窘迫，但好在她幼年生活的地方给了她无比的快乐与创作灵感。她的小说《情人》是在她70岁的时候创作出来的，获得了法国龚古尔文学奖，被译成40多种文字，畅销250多万册。杜拉斯是一个精力非凡的人，她习惯在后半夜写作。

　　每当深夜12点钟，杜拉斯便从熟睡中醒来。这是最宁静的时刻，没有来访客人的打扰，也没有债主来逼债，整个巴黎都在沉睡之中。这时候，杜拉斯开始了她一天的写作。

　　杜拉斯在开始写作之前，总要把准备工作做好。在她的左面，整齐地放着几叠稿纸。为了不让颜色使眼睛疲倦，她选用的纸张全部都是浅蓝色的，而且纸张的表面特别光滑，一旦书写起来，可以疾书无阻。稿纸旁摆放着笔和墨水瓶。在她的右面，是一个小记事册，那里面，记下了她随时想到的关于下面章节的一些情节和描写。

　　她细心地做好这些准备工作后，便坐下来动笔写作。她在写作中，从不间断，也不迟疑。房间里只能听到笔尖划在纸上的"嚓嚓"声和时而把写好的纸张放在一叠纸上的轻微的声音。

　　她一直要写到手酸背痛、头昏眼花的时候，才暂时放下笔，冲一杯自己制作的咖啡来刺激一下神经。接着又坐下来继续写作，一直到早晨8点，她才离开桌子，去用早餐。

　　早饭后，她在澡盆里消磨1小时，然后又开始另一项工作，这就是对稿样进行修改。她修改稿样十分认真，稿样上密密麻麻地画满了修改符号，好些地方几乎是完全重新写的。这样的修改，要反复进行多次，直到每个单词和句子都没有毛病为止。

杜拉斯幽默地把修改稿样的工作称作"文艺烹调工作"。当她把自己半成品的文字"烹调"了三四个钟头以后，她便去吃午饭。

午饭后，她开始忙于摘记备忘录、写信，快到下午5点，她才把笔放下。这一段时间，她有时去会见朋友，但大部分时间是用来思索问题。傍晚，巴黎的市民们做完了一天的工作，合家团聚的时候，杜拉开始睡下。她只睡4个小时左右，到了半夜12点，她就又起来开始新一天的写作了。

杜拉斯就是这样抓紧每一天的时间勤奋写作的。由于她这种惊人的毅力和坚强的意志，最初似乎只能是一个幻想的宏伟的创作计划，随着时间的推移，逐步地实现了。

杜拉斯的第一部小说《冒失鬼》和第一部自传性畅销小说《拦住太平的堤坝》都受到了很多好评。杜拉斯最后一部作品《这是全部》完成之后没多久，她便去世了，高效率地利用时间，是她成为大师的重要原因之一。

成长课堂

一个高产而又拥有众多佳作的女作家，在创作的时候，时间和灵感是一样的重要，她抓紧每一分钟的时间，充实自己，创作新作品，让全世界的人都为她的作品而倾倒，这样的女作家又怎么能不取得成功呢？

优秀女孩宣言

珍惜时间，赢得好成绩。

愿用钱买时间

在10路公共汽车上，人头攒动，十分拥挤。年轻的售票员惊奇地发现：在车厢的角落里，一个衣着朴素的女士正在全神贯注地看书。

她看得十分入迷，好像车辆的颠簸、人声的嘈杂对她没有丝毫影响。一站过去了，两站过去了，三站过去了——她还在入神地读书；车到了终点，她仍在读书。售票员只好走过去提醒她，她这才如梦初醒，歉意地笑一笑，匆匆下车。

她，就是在我国电子技术方面有着重大贡献的科学家崔兰芳。

崔兰芳把时间看得非常宝贵，她常说"我愿用钱买时间"，可是"寸金难买寸光阴"，时间是用钱买不到的，所以崔兰芳只好这样挤时间，抢时间。

那年，她军校毕业后，从美丽的江南水乡，来到了天苍苍、野茫茫的军马场。草原辽阔无边，她的胸怀就像草原一样宽广。她决心走自学成才的道路，抓紧时间，拼命学习。

从此，牧场上、灯前、月下，人们经常看到这个年轻女孩刻苦自学的身影。她把吃饭和休息的时间挤得不能再挤了。仅用两年时间，她就以惊人的毅力自学了初、高

中课程，以优异的成绩考入西北大学物理系。

大学期间，她仍然抓紧时间学习，一点儿也不放松。她社会工作忙，就在夜里学习，经常学习到深夜。同学们都夸她说："崔兰芳是全年级最用功的学生。"

走上工作岗位后，她更是惜时如命，人们常常可以看到，她连续3天、5天、7天，一头扎在工作室里，夜以继日，刻苦攻关。一连多年，她每天只睡四五个小时。她就是这样如醉如痴，抓紧分分秒秒忘我地工作，终于研制成功我国第一台图形发生器，填补了电子工业的一项空白。

1982年初春，一个不幸的消息把人们惊呆了：崔兰芳被确诊为晚期癌症！

当崔兰芳得知这一消息时，她并没有惊慌，只是焦急地问医生："大夫，告诉我，我还有多少时间？"

她的病情在急剧恶化，她的生命之烛快要燃尽了。可她还是忍着巨大的病痛，挣扎着坚持去上班。

同事们含着泪劝她休息，她说："我的时间已经很少了，工作量还很大，现在，每一分每一秒对我来说都很宝贵，我要抓紧时间修改图纸。"崔兰芳把时间看得比生命都重要，她把自己的分分秒秒都献给了所热爱的事业。

成长课堂

她如此地热爱着自己的事业，也如此珍惜自己的生命，然而对于她来说，时间却是如此的吝啬，让她没有办法做更多的事情。珍惜时间的人，都属于对生命负责的人，因为她们要留下自己更多的价值给这个世界。

优秀女孩宣言

抓住更多的时间，做更多有意义的事。

藏火读书 成才女

班昭是我国古代著名的才女,东汉文学家,中国第一个女历史学家。她是文学家班彪的女儿,班固、班超之妹,曹世叔之妻。曹世叔早逝,汉和帝知道她文章了得,召她入宫工作,人称曹大家。

她的兄长班固编纂《汉书》没有完成就死了,班昭继承了他的遗志,独立完成了《汉书》剩下的部分,可见她的文学功底是非常深厚的。金星上的班昭陨石坑就是以她的名字命名的。

虽然生在古代,可是她的父兄都是文学家,所以也送她去学校听课。有一次,学者张天龙在京讲《尚书》,12岁的班昭赶去听课,匆忙中错把《曲礼》当成《尚书》拿在手中。

等她发现带错了书时,老师已经走上讲台。她深知老师严厉,只好惴惴不安地低着脑袋,不敢声张。说来也巧,老师偏偏点名叫她朗读课文。这下可糟了,了解此事的同学都为她捏了一把汗。

不料,班昭却手捧《曲礼》,流畅地背诵了《尚书》中的3篇文章。老师一边看着原文,一边满意地点着头。

下课后,班昭的同学李孝怡向老师揭穿了秘密。博学的张天龙非常惊奇,不但没有批评班昭,反而和颜悦色地询问她是如何熟记课文的。

原来,班昭从小热爱读书,8岁就能背诵《诗》《书》。父母担心她过于刻苦,累坏身子,夜间便把灯藏起来。可班昭的心眼儿挺灵,又想出了巧主意。每天傍晚,她悄悄地把火藏在灰里,等父母睡着后,就遮住窗户,燃火夜读。

张天龙听罢班昭的述说,激动不已,连声称赞说:"如此发

愤攻读，将来必将前途无量！"

　　后来，班昭果然成了一个才学出众的才女。

　　班昭的文采首先就表现在帮她哥哥班固修《汉书》，这部书是我国第一部纪传体断代史，是正史中写得较好的一部，人们称赞它言赅事备，与《史记》齐名。班昭的父亲班彪最先开始这部书的写作工作，她的父亲死后，她的哥哥班固继续完成这一工作。不料就在班固快要完成《汉书》时，却因受到牵连，死在狱中。班昭痛定思痛，接过亡兄的工作继续前进。

　　好在班昭在班固活着的时候就参与了全书的纂写工作，后来又得到汉和帝的恩准，可以到东观藏书阁参考典籍，所以写起来得心应手。在班昭40岁的时候，终于完成了《汉书》。

　　《汉书》出版以后，获得了极高的评价，学者争相传诵，《汉书》中最棘手的是第七表《百官公卿表》、第六志《天文志》，这两部分都是班昭在她兄长班固死后独立完成的，但班昭都谦逊地仍然冠上她哥哥班固的名字。班昭的学问十分精深，当时的大学者马融，为了请求班昭的指导，还跪在东观藏书阁外，聆听班昭的讲解呢！

成长课堂

　　班昭是我国古代著名的才女，她的才学来源，正是她这种珍惜时间、"藏火夜读"的精神赋予她的。知识的积累从来都不是一蹴而就的，只有经过了长时间的苦读才可以取得属于你的成绩。

优秀女孩宣言

　　珍惜我的读书时间，我也可以做一个才女。

大器 何必 晚成

我就读的商学院是一所名校，不少成功人士以到这里发表演讲为荣耀。作为学生的我们，便常常被迫反复聆听富翁们大同小异的发家史。然而，就是在这些走马灯般往来于讲台上的人当中，有一位老人的演讲让我终身难忘。

老人并没有从青年立志奋斗之类的东西开始自己的话题。

"我给你们讲一个故事，"她一上来就这么说道，"有一个富翁，她很有钱，但是都放在银行里，从不肯拿出来花。她的父母无钱养老，她也不肯拿出钱来帮助；她的丈夫重病在床，她也不肯拿出钱来治病。最后她的家人都离她而去，她才幡然悔悟，花了很多钱为他们建造墓园，大办丧事，以图获得心灵的安慰。大家说，这个人是不是很愚蠢？"

"是啊！"我们纷纷答道。

"而那个人就是我，"她说，"所以我不配站在这里为你们演讲，以前站在这里的，都是你们的榜样，可我不是。"

大家沉默了许久之后，一位同学站起来说："我在杂志上读过您的传记，您的父母和丈夫因为贫困去世，那都是很久以前的事情了。那时候您还没有成功，也没有钱，这不是您的过错。"

"是呀，正是因为这些挫折，您才立志创业，才有了今天的成就，所以您是我们学习的榜样啊！"大家开始七嘴八舌地说。

　　老人微微地笑了："正是现在的成功让我陷入了深深的懊悔之中。年轻的时候，总觉得岁月漫长，有大把的青春可以挥霍，随心所欲，不求进取。一般像我这样的人，大都会以穷困潦倒的结局收场吧，如果真是那样，我可能还不会像现在这样懊悔，因为我知道自己没有能力帮助我的亲人们。可我后来发现，我有才能，可我没有拿出来用，我最爱的人们没能享受到我的才能带给他们的幸福就去了。虽然我为父母和丈夫修建了奢华的墓园，可我知道，我的父母在阴暗的蜗居里去世，我的爱人再也不能与我一起在阳光下奔跑，这些是永远无法改变的了。"

　　老人抬起一直垂下的眼睛，望着我们："如果你们觉得自己有才能，就在你们还年轻的时候，努力让自己的才能创造最大的价值。一个人，如有大器，就不要让它晚成，否则就会像我一样，虽然成功，但是却抱憾终生。"

成长课堂

　　因为我们年轻，所以总觉得自己有的是时间，学习之类的事情即使放到明天也不会怎么样。于是，时间在我们的庸庸碌碌中悄悄地溜走了。故事里的老人曾经也像我们一样年少，一直挥霍着青春直到孤家寡人时才幡然醒悟。如果我们不想有她那样的遗憾，就记住她的忠告吧，一切从现在开始！

优秀女孩宣言

　　人生中用来学习的时间是有限的，我要抓紧时间，尽可能地学到更多的知识。

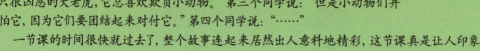

优秀女孩
训练营

读了这么多精彩的故事，和故事中的主人公比起来，你觉得自己是一个懂得如何珍惜时间的女孩吗？不妨来训练营检验一下自己吧！

今日事今日毕

　　王采薇是一个名副其实的"拖拉鬼"，她总是喜欢拖拖拉拉，譬如说老师布置的作业，本来下午就可以完成的，她总是说："等会儿再说，晚上时间很多呢！"可是到了晚上，她又说："看完这个电视剧再说，反正作业也不多。"就这样一拖再拖，等到要睡觉的时候才发现自己的作业还没做完，第二天交作业的时候，发现全班只有她一个人没能按时完成，结果被老师批评。

　　对于王采薇的这个毛病，同学们总是笑话她，她自己也很不好意思。虽然老师也和她谈过很多次要珍惜时间的道理，可她总是会忘记。有一天，王老师又找她聊了一下午，她终于改正了自己的毛病。

　　同学们，你知道王老师都和她说什么了吗？如果你是王采薇，你会怎么做？

答案在116页

《展开想象的翅膀》答案：

　　王老师的这个游戏叫"故事接龙"。游戏的玩法就是由老师起一个故事的头，然后由同学们发挥自己的想象，每个人都要为这个故事续写一段情节，展开想象的翅膀，让大家既玩得很开心，又得到了锻炼。

　　游戏开始了，王老师首先说："从前有一座山……"第二个同学说："山里有一只很凶恶的大老虎，它总喜欢欺负小动物。"第三个同学说："但是小动物们并不怕它，因为它们要团结起来对付它。"第四个同学说："……"

　　一节课的时间很快就过去了，整个故事连起来居然出人意料地精彩，这节课真是让人印象深刻啊！

第六章

培养观察力、想象力、创造力，激发智慧之光

◀ 以前的我

看到黑板上的作文题目——"2018年的我"，我愁眉紧锁。

看到我的空白作文纸，同桌笑话我。

◀ 现在的我

长大后的我正在一塑料模特前设计一件漂亮的衣服。

长大后的我站在T台上，接受鲜花和掌声。

◀ **以前的我**

手工课上，我按老师的意思做了一个环保袋。

大家举起来的环保袋都是一模一样的。

◀ **现在的我**

我在环保袋上又缝了一个Kitty猫形状的零钱包。

老师大力赞扬我的作品。

以前的我

班会活动时，我讲了一个老掉牙的《龟兔赛跑》的故事。

怎么了，这故事不也挺好的吗？

同学们都听得昏昏欲睡。

现在的我

这次，我讲了一个《新编龟兔赛跑》的故事。

连老师都赞扬这个故事呢。

让女孩热爱学习的 62 个故事

◀ 以前的我

作文本上"观察日记——我的小猫"，我挠破头也想不起来小猫的细节。

我简单地写了两三行。

◀ 现在的我

我趴在窗台上认真观察着小猫的一举一动。

我详细地写出了小猫的神韵。

我的成长计划书

培养观察力、想象力、创造力，激发智慧之光

我很羡慕那些童话故事的作者，羡慕他们可以把文章写得那么精彩，把故事讲得那么有趣。我自己也尝试过写些文章，可是写出来的东西要么很单调，要么很俗套，总是不能让自己满意。我的理想是做一个出色的作家，现在看来，我的文学梦离我真的太遥远啦！我要赶快锻炼我的观察力、想象力和创造力才行。

1. 每天观察一个事物，并详细地记录下来。

2. 想到什么有趣好玩的点子，把它都记录下来。

3. 多读一些各学科的书籍，丰富自己的知识积累。

4. 遇到不懂的问题要积极研究，找资料或向大人们请教。

5. 在学习的过程中，尝试用不同的解答方式。

6. 当有不同于别人的想法时，要勇敢地讲出来，不怕出错。

五厘米 的斜坡

有家公司要在内地开专卖店，于是他们精心挑选了一条商业街。但是开业之后，却出现了一个奇怪的现象：这家公司卖的产品和隔壁店铺卖的是一样的，连价格也一样，但是隔壁的店铺生意红火，而这家公司的生意却非常冷淡。

专卖店的经营者前去做了一番市场调查，终于弄清了原因。原来，内地城市的消费者相信老牌的商店，对一个新来乍到的商店一时还不认可。

为了吸引顾客，这家商店利用传统的有奖促销方式来刺激消费者，但情况依然没有好转，反而让这座城市的消费者觉得这家商店是"挂羊头卖狗肉、打一枪换一个地方"的主儿。

眼看商店到了快关门的尴尬境地，商店的管理层决定在内部以重金购买拯救商店的好点子。

消息发出的当天，这家商店门口打扫卫生的保洁员前来出主意。

商店的高层对眼前这位土里土气的保洁员很是吃惊，也不相信她会有什么好办法。这位保洁员知道他们对自己持怀疑态度，说：你们可以按我说的去做，如果成功了，再奖励我也不迟。

这位保洁员的办法很简单，就是在商店门口的行人过道上铺上非常漂亮的地砖，但挨着商店门口的这边比另外一边要低5厘米。

商店的主管部门将信将疑地按这位保洁员的主意把商店门口的过道改造了一番。

人行过道改造完毕的当天，因商店门口是很微小的倾斜，过往的行人不容易察觉，但走着走着就来到了商店的门

口。于是他们就抱着反正已经到了门口就进商店看看的想法踏进了门槛儿。货比货，价比价，踏进商店，顾客马上就发现原来这里也很不错。

第二天，第三天……越来越多的行人因倾斜地砖给"斜"进了这家商店。就这样，这家商店的营业额在同行中慢慢地跃居榜首。

商店在奖励那位保洁员的时候，问她是怎么想到这个办法的，保洁员嘿嘿笑着说："你们难道没有发现高速公路的交叉转弯处，公路都是倾斜的吗？听说，这样司机不怎么打方向就开了转弯车。"

众人一听，恍然大悟，为什么自己常常经过高速公路的交叉转弯处，但是却没能发现其中的奥秘？是啊，谁会想到眼前这些不起眼的变化，或许就成了你在社会上独领风骚的法宝呢。

成长课堂

细节决定成败，对于这句话你一定不会陌生，微小的变化常常会使事情向着相反的方向发展。我们很多的迷惑可能只在于一个细微的部分，关键就在于我们是否拥有敏锐的观察力去发现它。不要只顾低头学习课本，平时多注意观察一下你的周围，或许某一天，一个不起眼的小现象就能帮你解决一个大问题。

优秀女孩宣言

留心观察周围的一切，会让我发现很多新鲜的事情，我要继续培养自己这方面的能力。

两个学校 的教育

从前有个小女孩要去上学了。她的年纪这么小，学校看起来却是那么大。小女孩发现进了校门口，便是她的教室时，她觉得很高兴。因为这样学校看起来不再显得那么巨大。

一天早上，老师开始上课，说："今天，我们来学画画。"那小女孩心想："好哇！"她喜欢画画。

她会画许多东西，如：狮子和老虎，小鸡或母牛，火车以及船儿——她开始兴奋地拿出蜡笔，径自画了起来。但是，老师说："等等，现在还不能开始。"

老师停了下来，直到全班同学都专心地看着她。老师又说："现在，我们来学画花。"

那女孩很高兴。我喜欢画花儿。她开始用粉红色、橙色、蓝色蜡笔，勾勒出她自己的花朵。

但此时，老师又打断大家："等等，我要教你们怎么画。"于是她在黑板上画了一朵花。花是红色的，茎是绿色的。"看这里，你们可以开始学着画了。"

小女孩看着老师画的花，又看看自己画的，她比较喜欢自己画的花儿。

但是她不能说出来，只能把老师的花画在纸的背面，那是一朵红色的花，带着绿色的茎。

另一天，小女孩进入教室，老师说："今天，我们用黏土来做东西。"

女孩心想："好棒。"她喜欢玩黏土。她会用黏土做许多东西：蛇和雪人，大象与老鼠，汽车、货车……她开始捶揉球状的黏土。

老师说："现在，我们来做个盘子。"

女孩心想："嗯，我喜欢。"她喜欢做盘子，没多久，各式各样的盘子便出笼了。

但老师说："等等，我要教你们怎么做。"她做了一个深底的盘子。"你们可以照着做了。"

小女孩看着老师做的盘子，又看看自己的。

她还是比较喜欢自己做的,但她不能说,她只是将黏土又揉成一个大球,再照着老师的方法做。那是个深底的盘子。

很快地,小女孩学会等着、看着,仿效老师,做相同的事。

很快地,她不再创造自己的东西了。

一天,女孩全家人要搬到其他城市,而小女孩只得转学到其他学校。

这所学校甚至更大,教室也不在校门口,现在,她要爬楼梯,沿着长廊走,才能到达教室。

第一天上课,老师说:"今天,我们来画画。"女孩想:"真好!"她等着老师教她怎么做,但老师什么也没说,只是沿着教室走。

老师来到女孩身边,她问:"你不想画吗?"

"当然想。今天我们要画什么?"

"我不知道,让你们自由发挥。"

"那,我应该怎样画呢?"

"随你喜欢。"老师回答。

"可以用任何颜色吗?"

老师对着她说:"如果每个人都画相同的图案,用一样的颜色。我怎么分辨是谁画的呢?"

于是,小女孩开始用粉红色、橙色、蓝色画出自己的小花。

小女孩喜欢这个新学校,即使教室不在校门口。

成长课堂

　　保护孩子的想象力就是保存了他们对这个世界的美好憧憬。当我们懂得的知识越多,就越容易陷入"是这样""必须这样"的圈子里,不再有自己的想法。我们应该像孩子一样,充分利用自己的想象力去塑造事物,或许会有不一样的惊喜。

优秀女孩宣言

我要激发我的想象力,画出属于我自己的小花。

老师的腰围

在一所小学听一堂数学课，内容是有关测量的。孩子们的桌子上摆放着长长短短的尺子。

老师是个女的，胖胖的，40来岁。讲完厘米、分米和米的概念后，她让学生们测量桌子、铅笔、书本和手臂的长度。两分钟之后，班上像炸开了锅，一只只胳膊争先恐后地高举着，被点名的同学报出答案后，都得到了表扬，张张小脸涨得红红的，嘴巴笑成了一朵朵花。那些没被点到名字的学生着急了，有的站起来，有的跳着脚，有的甚至爬到凳子上，高举着手，"老师，快叫我，快叫我。"看着孩子们抓耳挠腮的猴急样，我坐在边上忍不住想笑。我能理解孩子们的心情：谁不想在老师、同学面前表现一番呢，何况还有我这个外人在场。

桌子的长度报过了，铅笔的长度报过了，书本和手臂的长度也报过了，老师说，我们再找找别的东西测量一下。老师的话刚说完，我旁边的那个一直没得到机会的瘦个子男孩"噌"地站起来，"老师，我想测测你的腰围。"

班上一下静了，同学们都转过头或侧过身看着这个瘦男孩，然后又把目光对着老师。

老师低头看了一下自己的腰，然后静静地看着学生笑，边笑边朝那个男孩说着："好啊，你来量吧。"

小男孩拿着尺子，飞快地跑到黑板前。他用手按住尺子的一端，让尺子在老师的肚皮上翻着跟头，可能是男孩的手拙，也可能是尺子太短了，跟头翻了好几趟，他才说出了一个答案："87厘米。"

"不错，他量得很认真，答案也比较接近。"老师的话显然激起了其他同学的表现欲，她不失时机地问了一句："其他同学有没有更好的办法测得更准确一些呢？"她的话音刚落，一个胖平平的女孩站起来说："老

师，我有，我用手。"

小女孩已开始往黑板前跑了，其他学生的目光都在追逐女孩的身影。老师问："你用手怎么量呢？"小女孩说："我一掌是11厘米，我看是几掌就知道了。"老师笑了。小女孩的手在老师的腰上爬，刚爬了一圈之后，她就报出了答案："89厘米。"

笑容在老师的脸上绽放，班级的气氛更活跃了。"有没有更好的办法？"老师问。

教室里静悄悄的，孩子们或侧着头或趴在桌子上苦思冥想。片刻之后，前排的一个小孩站起来，"老师，你把裤带解下来，我们一量就知道了。"

我没想到这个小小的孩子会想到这种聪明的办法。老师肯定也没想到，因为她愣在了那里，脸有点微微地红了，让她这样一个年轻的女孩解下自己的腰带，确实有些不雅。然而，我看到她在大笑，真正地开怀大笑，笑声仿佛长着腿，在教室里飞舞。

老师一边笑，一边真的解下了裤带。小同学显然已从老师的笑声中感受到了赞许，他握着尺子朝黑板前面走的时候，脸上的笑容仿佛要淌下来一样。

小同学量的是90厘米，这当然是最准确的答案。老实说，那位老师并不算漂亮，但这节课却是我听过的最漂亮的一节课。

成长课堂

儿童心中有许多创新的种子，在老师及家长的鼓励下，这些种子随时都会生根发芽，开出绚丽的创新之花。因此保持创新的积极性是很重要的。

优秀女孩宣言

永远都不要扼杀那最纯真的创造力，这样能播下更多创新的种子。

经验可以转移

19世纪奥地利有个医生叫奥妮·布鲁斯。有一次，一个危重病人来就诊，可她查来查去也查不出病因，结果没几天病人就死去了。奥妮·布鲁斯决定弄清这个死者的病因。她解剖了尸体，发现死者的胸腔有大量的脓水积液。奥妮医生苦苦思索：今后再碰到这种病该用什么方法诊断呢？她一时还真想不出办法来。

奥妮医生的父亲是个酿酒师。她家的酒窖里摆满了许多装酒的大木桶。她父亲凭敲击木桶就能断定木桶里是否有酒和有多少酒。奥妮医生突然想到，人的胸腔也和装酒的木桶一样，都是中空的，凭敲击木桶能估计桶里的酒，胸腔中如果有积液不是也可以用敲击的方法来诊断么？医学上的"叩诊"就这样被发明了出来。

敲击木桶测酒和敲击胸腔诊断胸积水，两件事情似乎毫不相干，但原理却是一致的，这就叫转移经验。奥妮医生运用这一思维方法解决了医学上的一大难题，为人类医学和健康作出了贡献。

钢筋混凝土的发明也是经验转移的结果。19世纪法国有一个女工匠叫摩涅，她在公园里负责种草。花园里有各式各样的花盆，有土烧的，有木制的，也有用水泥浇筑的。特别是水泥花盆，式样随时都可以翻新，也可以装饰花草图案，制作起来也很方便。但是在使用过程中发现水泥很脆，不耐压，经不起冲击。"怎样才能使它不易破碎呢？"摩涅想来想去也找不到好的办法。

有一天，摩涅到郊外游玩，她看到郊外人家都有一个小院子，小院子用竹子编成的篱笆围着。她上前去观察，发现这些篱笆都很牢固，原来这些竹篱笆都是用石灰石等物质混合后涂抹而成。竹子成了围墙的"主心骨"，围墙虽然很薄，却很牢固，震动起来也不破碎。摩涅心头一震，马

女孩卡片

毛毛——时间窃贼和一个小女孩的不可思议的故事

这是德国作家米切尔·恩德的名著，这是一部关于时间的寓言体想象小说，也是一部现代艺术童话。书中的主人公毛毛是一个神奇的小女孩，她能听到人们心底的声音，在神秘的时间王国中发现了"时间就是生命"的秘密，回到人间帮人们找回丢失的时间。这个故事在每个现代人的心中不断上演着，精神的力量最终胜过了物质的诱惑，这就是毛毛胜利的"法宝"。

上想到，我做的水泥花盆如果也像竹篱笆一样，先用铁丝扎成骨架，再浇筑上水泥和沙石的混合物，问题不就解决了么？

1856年，法国女工摩涅获得了"钢筋混凝土"的发明专利权，她赢得了一笔可观的财富。石灰的篱笆墙和钢筋混凝土是两种性质不同的事物，可是它们的结构原理却是相似的。摩涅将二者巧妙地联系起来，成功地实现了经验转移。

转移经验，另辟蹊径，这要靠平时多观察、多分析，经验积累多了，一旦碰上难题，兴许就能派上用场呢！

成长课堂

在这个充满创造力的世界里，有很多的东西都可以为我们所用，借鉴别人的经验也是一个有效的途径，这种有效的借鉴产生了奇妙的结果，为很多的人带来了福音。这就是创造力的美好，能让我们发现另外一片美丽的天空。

优秀女孩宣言

创造力可以为我们带来全新的世界。

成功在于发现

　　人生在世，谁都想拥有成功的人生，但事情的发展却往往不以人的意志为转移，有的时候，你设定了奋斗目标，并为之拼搏努力了，但成功离你依然很远。这是怎么回事呢？

　　让我们先来看一则寓言故事：从前有一个女人很懒惰，她非常不喜欢劳动，但是又迫切地想要变成有钱人，总想着不劳而获。她想啊想，想了很久，最后终于想到一个她觉得极好的办法：学别人一样出门去寻宝。于是她简单收拾了一下就上路了。

　　在路上，她很幸运地遇到了一位仙人，于是便向仙人请教："请您告诉我，怎样走才能找到宝物呢？"仙人没有说话，只是用手向远处一指。这个人看着仙人手指的方向，十分高兴，以为宝物近在咫尺，唾手可得，于是，就激动地循着仙人手指的方向奔去。令她想不到的是，这是一条崎岖的山路，她跌跌撞撞地走了一段后，一不留神，"扑通"一声，被一块石块绊倒了。

　　爬起来后，她抚摸着痛处，寻思着是不是自己误解了仙人的意思，于是她就一瘸一拐地走回来，再次向仙人询问之前问过的问题，而仙人依旧将手指向了那个方向。这个人半信半疑，但她还是顺从地沿着这条路走回去。然而，她又一次被那块石头绊倒了。

　　她再次走了回来，一脸愤怒地质问仙人："我问的是，我到哪才能找到宝物，而你却指给我一条崎岖的山路，使得我一次次摔倒，吃尽了苦头！拜托你不要再用手指了，明确地告诉我宝物在哪里。"仙人开口道："宝物就在你

摔倒的地方。"听了仙人的话，那个人赶忙再跑回自己刚才摔倒的地方一看，有人正抱着绊倒自己的石头欣赏，原来那是块珍贵的玉石。

女孩卡片

《飘》

《飘》是美国著名女作家玛格丽特·米歇尔创作的一部具有浪漫主义色彩、反映美国南北战争题材的小说。主人公斯佳丽身上表现出来的叛逆精神和艰苦创业、自强不息的精神，一直令读者为之倾心。（注：本书英文名为Gone with the wind，直译为"随风而逝"）

这则寓言给了我们这样的启示：世界上不是没有宝物，而是缺少发现。没有一双能够发现的眼睛，即使宝物放在眼前，也只能被宝物绊倒，摔个鼻青脸肿。正如人们都渴望成功，但在向成功目标迈进的时候，人们往往只顾埋头前行，却忽略了探索和发现，这样就只有失去机会，看着别人成功而独自兴叹了。

当一个人在为成功奋斗失去方向的时候，千万不要只顾埋头努力，更不要放弃希望，而是要认真思索一下。寻觅机遇，发现机遇，这样你才能够获得成功。

成长课堂

也许我们很有才华，也许我们很勤奋，可是如果我们只是埋头苦干，从不肯抬头看，那么即使机会就在身边，我们也无法看到。我们的头脑不是用来接受命令，而是用来思索和创造的。

优秀女孩宣言

我要多留心身边的事物，只有多观察才能让我了解更多。

厨娘发现的肥皂

一天，一位埃及法老设宴招待邻邦的君主。法老准备了极其丰盛的饭菜，在御膳房里，上百名厨师正在炊烟中忙着做各种复杂的饭菜。

忽然，一个厨娘不慎将一盆油脂打翻在炭灰里，她急忙用手将沾有炭灰的油脂捧到厨房外面倒掉。她回来用水洗手时，意外地发现手洗得特别干净。厨娘非常奇怪，因为平时厨师们为了去掉油污，都先用细沙搓一遍，然后再用清水洗。而这次她没有用沙子，就将油污洗得很干净。

于是，她请别的厨师也来试一试，结果，每个人的手都洗得同样干净。大家都觉得非常惊奇，围着最先发现这个秘密的厨娘想要问个究竟。厨娘自己也说不清楚这是为什么，她只是把故事发生的经过告诉了大家。

从此以后，王宫的厨师们就把沾有油脂的炭灰当做洗手的东西了，大家发现自己的手可以洗得特别干净，都十分开心，由衷地感谢这位厨娘的细心发现，让他们得到了这样的宝贝。

女孩卡片

巧手DIY——纸杯花瓶

怎样将家里客人没有用过的纸杯变废为宝呢? 咱们不妨来试着做一个纸杯花瓶吧!

1. 先将2个一次性纸杯的底部用裁纸刀小心地挖去; 2.将准备好的包装纸裁剪成纸杯面大小的扇形(留出比杯子的周长多大约1厘米左右的边); 3.用透明胶带将两个杯子组合粘接; 4.用胶棒涂抹包装纸后分别包裹好上下两个杯子,最后可用丝带涂抹白胶粘于两个纸杯的接口处并粘好蝴蝶结与装饰花就大功告成了。

后来,这件事情被法老知道了,他就吩咐人按照厨师们的方法把掺有油脂的炭灰制成一块一块的。这就是人类历史上最早的肥皂,这位厨娘也因为发现了肥皂而被大家永远地记住了。

肥皂虽然不是惊天动地的大发明,但如果没有厨娘的细心观察,它也是绝对不会出现的。当你细心观察身边发生的事情时,你一定会有很多惊奇的发现。我们的社会之所以会不断进步,就在于人类会思考,而思考来自细心的观察。举个简单的例子,即使写作文这样的小事,要想打动读者,也要对生活进行细致入微的观察,这样才能写出精彩的文章。

成长课堂

在我们的身边隐藏着如此之多的秘密,每一次的揭晓能让这个世界充满更多的新奇感受,这些秘密的发掘需要我们有细心的观察力和创造力,以及对未知事物的探索欲,只有这样,我们才可以发现更多的秘密。

优秀女孩宣言

我要细心观察,去了解自然界更多的秘密。

从这些故事中，你知道掌握观察力、想象力、创造力对我们究竟有多大的意义吗?不妨来训练营检验一下自己吧!

展开想象的翅膀

今天的课堂上，王老师告诉班上的同学，中华民族的历史何其悠久，我们历史上的四大发明又多么具有划时代的意义，为什么到了近现代，曾创造过如此辉煌文明的中国人在科技发明上却落伍了? 大到卫星、火箭、导弹、飞机、原子弹、汽车，小到电话、电灯、电影、电视、圆珠笔⋯⋯都不是我们中国人最先发明的。是我们中国人笨吗? 不可能，泱泱五千年文化已见证了我们的智慧。是我们中国人懒惰吗? 也不是，中华民族向来勤劳勇敢。这一切都是因为想象力和创造力的缺乏。所以我们作为新一代的学生，一定要好好锻炼自己的想象力和创造力，只有这样，长大后才能为祖国作出更多的贡献。

今天，王老师为我们设计了一个又好玩又有启迪性的游戏，让大家玩得不亦乐乎。

同学们，你能猜到王老师带来的是什么游戏吗? 如果让你来设计，你又会设计出怎样的开发想象力的游戏呢?

答案在98页

答案在98页

《今日事今日毕》答案:

王老师发现王采薇的问题后，语重心长地告诉她:"你知道时间是很容易在你的拖拉中溜走的，等你想再去抓住它的时候已经什么都没有了。当你在拖拖拉拉中完成一门功课时，别的同学已经完成2至3门了，你说你还能超越他们吗? 只有珍惜时间，认真学习，才能好好充实自己。时间对于我们来讲是最重要的，人一辈子能在学校安安心心学习的时间也就这么十多年，每一分钟的浪费就是对自己的学习生涯不负责任了一分钟。记住: 今日事今日毕。"

听了王老师的话，王采薇深深地反思了自己不珍惜时间的行为。于是她下定决心一定要好好改正自己拖拉的毛病。

第七章

善于思考，擦出耀眼的思想火花

以前的我

看到不会做的题，就直接跳过。

反正老师会讲的，懒得再去想了。

作业本上大片的留白。

现在的我

我冥思苦想每一道难题。

我为自己解开所有的难题而笑逐颜开。

以前的我

老师在课堂上提问。

《天净沙·秋思》这首诗表达了作者怎样的思想感情？

我低着头沉默不举手。

现在的我

我认真思考问题。

我举手回答问题。

以前的我

钢琴老师无奈地和我说。

我一脸无所谓的样子。

现在的我

我听了老师的意见，主动找原因。

在弹到这一段的时候再没错过了，老师很满意地笑了。

让女孩热爱学习的 62个故事

 以前的我

课堂讨论时，同学们踊跃发言。

我独自沉默不语。

现在的我

我积极地参与到大家的讨论中。

主动思考问题让我更聪明，成绩提高得也很快。

120

　　我心里一直有个疑问没解开，就是我上课听讲、课后做作业还有复习什么的一直都很认真，老师讲过的东西我也都明白，可是一到考试时总会有一些很眼熟的题却不知道该怎么做，结果成绩一直不是很理想。经常出现这样的问题，弄得我特别不好意思，现在我都不敢再向老师请教问题了。如果这个问题不解决，万一老师以后都不愿意解答我的问题，那就糟啦！

1. 遇到不熟悉的事物多问几个为什么。

2. 让爸妈教我搜集资料，方便以后自己解决问题。

3. 遇到问题多思考，找资料解决问题，或者跟同学一起讨论。

4. 对老师的问题敢于大胆猜测，发表不同的观点和见解。

5. 在学习过程中，充分动手、动脑，加深印象。

6. 学会主动思考，寻找学习中的乐趣和成

就感，使自己更有积极性。

抓住 问题的 核心

其实，微软的面试官并不是想得到"正确"的答案，他们是想看看应聘者是否能找到最好的解题方案，看看他们是否能创造性地思考问题。在微软看来，能创造性地思考问题，并能妥善解决问题的人，才能为公司创造价值，才能有所作为。

18岁的露西在报上看到微软的应征启事，正好是适合她的工作。第二天早上，当她准时赶到应征地点时，发现应征队伍已排了20个人。

她是队伍中的第21名，怎样才能引起特别的注意而竞争成功呢？只有一件事可做——动脑筋思考。通过思考，她很快想出了一个绝妙的办法。她拿出一张纸，在上面写了一些东西，然后叠得整整齐齐，走向秘书小姐，恭敬地对她说："小姐，请你马上把这张纸条转交给你的老板，这非常重要。"

秘书小姐是一名老手，如果这是个普通的女孩，她可能会说："算了吧，姑娘。你回到队伍中的第21个位子上等吧。"但她不是普通的女孩，她散发出独特的气质。秘书把纸条收下了。

"好啊！"秘书说，"让我来看看这张纸条。"秘书看了看不禁微笑了起来。秘书立刻站起来，走进老板的办公室，把纸条放在老板的桌上。老板看了也大声笑了起来，因为纸条上写着："先生，我排在队伍中的第21位，在你没有看到我之前，请不要作决定。"

露西得到了她想得到的那份工作。像她这样会思考的女孩无论到什么地方一定都会有所作为的。虽然她很年轻，但是她知道如何去想，如何去认真思考。她已经有能力在短时间内，抓住问题的核心，然后全力解决它，并尽力做好。

现实生活中以及工作中会遇到很多诸如此类的问题。当你遇到问题时，认真进行思考，便很容易找到解决问题的办法。比尔·盖茨常常

告诫他的员工，要带着思考去工作，在工作中思考。更重要的是利用自己所学的知识，思考分析问题，找出产生问题的症结之所在，努力地解决出现的问题。

每一个员工都要努力做到：

女孩卡片

爱的城市——罗马

你有没有发现：把ROMA（罗马）这个单词的字母倒过来就是AMOR，正是拉丁语"爱"的意思。

罗马，是一座名副其实的爱之城。罗马的精神，就是永恒。骑着摩托车绕街飞驰，你是否能想起《罗马假日》的浪漫，这里是古代的竞技场，国际时尚品牌FENDI的老本营，精神与物质并存，文明与现代交会这些使罗马当仁不让地成为女孩最向往的浪漫城市之一。

敢于负责，用脑去想，用心去做。同时，养成良好的工作习惯，学会思考，学会发现问题、解决问题，学会认认真真地做好每一件事，不论它是大事，还是小事。谁敢说这不是人生的财富呢？谁又敢说这里面没有孕育着成功？

成长课堂

对于一个人来说，最关键的不是他懂得多少，而是他具有怎样的潜质。一个善于思考、能抓住重点的人，他的潜力将会是无穷的，因为其他的东西都可以去学习，而思考的能力却要你自己主动来调动，只有这样才可以发挥出效力。

优秀女孩宣言

我主动地思考，让我更具竞争力。

从平凡中发现非凡

对于每一个员工来说，都希望能够在自己的工作中有出色的表现，并期望能够解决工作中的难题，提升自己的价值。善于发现问题、思考问题并解决问题，是一个好员工应该具备的品质。每一个员工都有责任去解决工作中出现的问题，为公司创造财富。唯有如此，才能把工作干好，才能在职场中站稳脚跟。

有一位美国青年，在一家石油公司找到了工作。她学历不高，也不会什么技术，她的工作连小孩儿都能胜任，就是查看生产线上的石油罐盖是否自动焊接封好。

装满石油的桶罐通过传送带输送至旋转台上，焊接剂从上方自动滴下，沿着盖子滴转一圈，作业就算结束，油罐下线入库。她的任务就是注视这道工序，从清晨到黄昏，过目几百罐石油，每天如此。

没几天，这单调的工作便令她厌烦透了，她很想改行，却又找不到别的工作。她非常无奈，但她仍坚持去做。

经过反复观察，她发现罐子旋转一周，焊接剂共滴落39滴，焊接工作即告结束。她思考着，眼前这简单至极的工作中，是否有什么可以改进的地方？

有一天，她突然想到：如果能把焊接剂减少一两滴，是不是会节省生产成本呢？

说干就干，一番试验之后，她研制出了37滴型焊接机，但是该机焊出来的石油罐偶尔会漏油，质量缺乏保障。她没有灰心，又研制出38滴型焊接机，这次没得说，公司非常满意。不久便生产出这种机器，采用了她的焊接方式。

新机器每次焊接虽然只节省一滴焊接剂，但是每年却能为公司节省5亿美元的开支。

焊接机的改良也改变

了这个女孩的人生。因为善于发现、思考和解决问题,这位平凡的美国姑娘从最平凡的工作中做出了最不平凡的突破,为自己的人生打开了成功之门。

女孩卡片

艺术之都佛罗伦萨

这个充满了魅力的城市孕育了但丁、米开朗琪罗、达·芬奇、伽利略、马基雅维利这些巨匠。就像伦敦有泰晤士河,巴黎有塞纳河,罗马有台泊河一样,佛罗伦萨也有一条她的母亲河——阿诺河。这是一条贯穿城市的美丽河流,河上有4座各具特色的老桥,每一座都可以上溯到文艺复兴时期。在这座充满了艺术的城市里,城市本身也是艺术品。

在工作和学习中,当你遇到问题时,一旦认真思考,便很容易就能找到解决问题的办法。

成长课堂

对于曾经和她一起工作过的人而言,成功曾经离他们那么近,但是他们没有发现,这个姑娘却发现了,出现如此不同的结果仅仅是因为这位姑娘在一瞬间的思考,让他们从此就分属于不同的人群。

优秀女孩宣言

我相信,思考可以改变人生。

火车拐弯处的房子

　　一个姑娘乘火车去外地旅游，她是一个人漫无目的地到处玩耍，所以心情很放松。但是，当大家身处在一个拥挤的车厢里很长时间的时候，所有人的情绪似乎都不是很高昂，大家看上去都有些疲惫。所以，火车行驶在一片荒无人烟的山野中，人们一个个百无聊赖地望着窗外。

　　前面有一个拐弯，火车减速，不知不觉间，一座简陋的平房进入她的视野。也就在这时，几乎所有乘客都睁大眼睛"欣赏"起寂寞旅途中这特别的风景。有的乘客开始窃窃议论这座房子。一座简单的房子，坐落在火车道旁而已，但是因为火车转弯、减速，人们又经历了长途跋涉，有些疲惫，所以它成了点亮人们视野的一个亮点。

　　姑娘看到大家这么热烈地讨论着这座看上去很平凡的房子，忽然心里为之一动，返回时，她中途下了车，不辞劳苦地找到了那座房子。她向房子的主人打听这座房子的由来和历史，想了解更多关于它的事情。

　　主人告诉姑娘：每天火车都要从门前"轰隆隆"驶过，噪音实在让人受不了，自己极想以低价出让房子，可是多年来一直没人问津，只是因为它太靠近火车道了。

姑娘灵机一动，是的，这座房子是很靠近火车道，所以它的噪音让大家都逃得远远的，但是它的价值也在于它靠近火车道，所以可以吸引那么多人的注意。吸引力——这就是它的价值所在。

不久，姑娘用3万元买下了那座平房，她觉得这房子正处在转弯处，火车经过这里都会减速，疲惫的乘客一看到这座房子，精神就会为之一振，用房屋正面做广告再好不过。她开始和一些大公司联系，推荐自己的创意。后来，可口可乐公司看中了这面广告墙，3年租期内，共支付姑娘18万元租金。

18万元不算太多，它也许只是可口可乐公司几分钟的利润，然而，它证明了一位年轻人的智慧。一个善于思考的大脑会在最平凡的地方发现机会，那么多的火车经过了这里，那么多的乘客看到了这座房子，但是大家却只是议论了一番而已，并没有想到更多，只有这个姑娘，下车找到了房主，买下了房子，然后把房子的价值发挥到最大。这个故事所显示的，正是一个善于思索的人抓住机会的过程。

成长课堂

有时候机遇就在我们的面前，成功也离我们很近，但我们却不能发现它，只是因为我们缺少对它的思考。我们让自己的大脑休息，也就让我们错过了成功的垂青。只有动起来的大脑才能看得见成功的身影。

优秀女孩宣言

　　我要做一个善于思考的人，我就可以抓住属于自己的机会。

养在瓶子里的鹅

有一个问题是这样说的：有一只鹅，在很小的时候就被主人放到一个大肚长颈的瓶子中养着。鹅的身子窝在瓶子里，脖子刚好能伸到瓶口之外。每天，主人都来喂这只鹅，鹅在瓶子里养尊处优，很快就长大了。当鹅的身子长到不能经由瓶口拿出来的时候，用什么样的办法可以在既不损坏瓶子又不弄伤鹅的前提下把鹅与瓶子分开？

老师就带着这个问题去问学校里刚刚升入高一的新生。

有人说，这个瓶子没有底儿，把鹅从"后门"抽出来就得了。老师说，这个瓶子有底儿。

有人说，这是一只充气的塑料鹅，放了气，就能拽出来了。老师说，这不是一只充气的塑料鹅，而是一只"白毛浮绿水，红掌拨清波"的真鹅。

有人说，瓶口有机关吧？鹅的身子出来时瓶口就能被撑大。老师说，瓶口绝对小于鹅的身子，并且，瓶口没有安装松紧带。

他们缄口了。

这个时候，老师说，同学们，我想问问你们谁见过或听说过用这样的方式养鹅的呢？

有人摇头，有人嘀咕。"是啊，好好的一只鹅，干吗把它塞进瓶子里去养呀？"老师说，问得

好！其实，这个问题本身就是虚假的，换句话说，这个问题没有任何价值！因为虚假，所以没有价值，因此就不值得我们为之苦苦寻求答案。

面对这样一

有节制地上网

女孩们上网时，饮食方面也要注意保持规律性，从饮食中吸收营养是让我们的身体更加健康的最佳途径，很多女孩因为上网而忽略吃饭和休息，这会对她们的身体造成很大伤害。女孩更不应该通宵达旦、废寝忘食地进行网上活动，女性体质娇弱，更需要休息来补充能量，如果不按时吃饭、休息，会造成肠胃功能的紊乱，进而导致身体内分泌和新陈代谢的各种问题，严重伤害女孩身体，这是非常不可取的。

个虚假问题，我们却不会质疑，只管闷着头去寻找那所谓的"正确答案"。长这么大，许多人一直在和各种问题周旋、较劲。以后，我们一定要提防类似"瓶子养鹅"这样毫无意义的问题，要大胆地质疑，清醒地反思，别让不是问题的问题羁绊住我们的手脚。

成长课堂

其实我们好多人在生活中都是这样子的，好像是一种思维定势，有问就有答，感觉这样才符合规则。这种狭隘的思路是不利于学习的，学习需要更加全面的思考角度、更加大胆的想法和更加创新的方式。

优秀女孩宣言

遇事多动动脑子，就不会把时间和精力浪费在没有意义的事情和问题上面。

被蒙蔽的水牛

一个炎热的早晨，离大河口不远，一头水牛正在大树下休息。微风吹拂着它，让它备感舒适，这样的生活真的美极了，再加上可以饮上两口河里的水，这让老水牛觉得很知足。

这时飞来了一只阳雀，它身姿轻巧地落在一棵树上，亲热地同水牛打招呼。

水牛看到阳雀，问它："阳雀小姐，你来这里做什么呀？"

阳雀说："天气太热了，我来喝水。"

水牛听它这么说，乐了："你喝水也值得到大河来，随便一滴水不就够了吗？"

阳雀却笑着说："你这样想吗？我喝水比你喝的还多呢。"

水牛哈哈大笑："怎么会呢？"它可不信跟自己的蹄子一样大的一只鸟儿，居然能喝比自己多的水，这不是天方夜谭吗？

阳雀看了看太阳的位置，它知道马上就要涨潮了，所以它打算和水牛开个玩笑，于是它说："咱们试试看吧。如果我喝的水比你的多，那么水牛大哥你可就要做我的臣民。而要是你喝的水比我的多，我就叫你一声'大王'，做你的臣民，你觉得怎么样啊？"

阳雀这么一说，让水牛觉得很好玩，它哈哈一笑，摇晃着它的大脑袋，说："不错不错，咱们就这么办，我就不信我还能比不过你。"

阳雀也笑了笑，胸有成竹地说："我们现在不多说，比赛见分晓吧。你先来。"

水牛伏在河边，张开大口，用力喝起来，可不管它喝多少，河里的水不但不少，反而多了起来。水

牛肚子鼓鼓的，已经喝不下了。

这时阳雀飞过来，它看着水快要退潮了，便飞过去把嘴伸进水里。

水退潮了，这场面真的太不可思议了，一只小鸟喝了一口水，水位就降低了，河里的水变少了。阳雀追着去喝，水牛看得目瞪口呆。阳雀飞过来狡猾地笑了。

水牛伤心地说："你个头不大，水却喝得不少。"

"你服了吧？"阳雀笑着问水牛，然后振翅飞走了。留下大水牛呆呆地望着河水，它怎么也想不明白为什么会这样。

水牛天天到河边喝水，却不知道河水涨退的变化，一味地用蛮力去拼，焉有不输之理。虽然牛的脑袋要比阳雀的大不知道多少倍，可是这头水牛一点都不会动用自己的大脑，它不会去总结经验，更不会去思考这一切都是为什么，只是相信了阳雀说的话，而且是深信不疑。

让我们都来做聪明的小阳雀，而不是去做那头虽然有巨大的头颅却不会动脑筋的笨水牛。

 成长课堂

　　在知识经济时代，水牛的庞大躯体已经不再具有竞争力，而阳雀的小小脑袋才是真正的宝藏之所在。一个善于思考的脑袋可以带来无数的变化，而一个不会思考的脑袋，即使它和牛一样大，又有什么用呢！

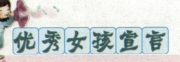 **优秀女孩宣言**

只有善于思考，我们才更有价值。

读了这么多精彩的故事，和故事中的主人公比起来，你觉得自己能成为一个善于思考的女孩吗？不妨来训练营锻炼一下自己吧！

向日葵的秘密

假期很快到来了，李蕾开开心心地跟着爸爸妈妈去看望乡下的姥姥姥爷。乡下真的是一个奇妙的世界啊，李蕾的日子过得开心又欢畅，简直让她"乐不思蜀"了。

有一天上午，李蕾来到邻居家门口等自己的小伙伴，发现她家院子里种着几株高高的向日葵。它们硕大的头颅朝着东边随风摇摇晃晃，显得又可爱又笨拙。可是等到下午她和伙伴回来的时候，李蕾发现向日葵的头居然朝着西边，这让她觉得很奇怪，难道是有人掰了它的头吗？

李蕾紧皱着眉头回家问爸爸。爸爸说："这是一个神秘的问题，你要自己去思考，找到向日葵的秘密。"

同学们，你们知道向日葵为什么总是朝着太阳弯腰吗？

答案在80页

《好方法带来的改变》答案：

在同学们的强烈要求之下，艾晓云说："其实，我教的方法很简单，总结起来，主要就是3点：1.给自己规定时间限制。连续长时间的学习很容易使自己产生厌烦情绪，这时可以把功课分成若干个部分，把每一部分限定时间。2.不要在学习的同时干其他事或想其他事。或许你会说听音乐是放松神经的好办法，那么你尽可以专心地学习一小时后全身放松地听一刻钟音乐。3.不要整个晚上都复习同一门功课，这样做不但容易疲劳，而且效果也很差。"

这个时候夏琳也站了起来，笑着说："是啊，就是这3点方法，让我有了神速的进步。希望大家都可以用适合自己的学习方法来提高自己的学习成绩！"

第八章

勤奋学习，磨砺出成功基石的光芒

◀ 以前的我

我背着手，摇头晃脑背课文。

背不下来这篇课文，不背了。

把书往书桌上一扔。

◀ 现在的我

在回家之前一定要背会它。

放学收拾书包，没有把语文书收进书包。

在回家的路上，我也反复背诵着课文。

◀ 以前的我

真困，今天就不预习了。

晚上9点半，我做完作业就困得不行了。

我一头倒在床上，睡觉了。

◀ 现在的我

这样就清醒多了，预习完再睡觉。

我去洗一把脸，让自己清醒。

我又重新坐回书桌前。

◀ 以前的我

这些作业留到明天再写好了……

今天周六，我把课本往桌上一推。

我坐在电视机前喜滋滋地看电视。

◀ 现在的我

不行，就快升初中了，我必须把精力放在学习上。

我关掉电视。

我回到房间继续学习。

◀ 以前的我

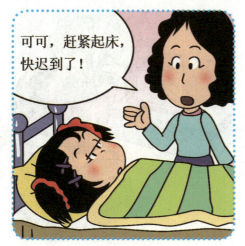

可可，赶紧起床，快迟到了！

每天早上妈妈都要催我起床。

我赖在被窝里不起。

◀ 现在的我

6点的闹钟一响，我就自己起床了。

我在阳台晨读。

我的成长计划书

勤奋学习，磨砺出成功基石的光芒

　　我不是那种特别聪明的学生，老师在课堂上讲的内容有时会听不懂，但很多时候别的同学都说明白了，我也就不好意思再问。偶尔我也会偷懒，不想看书，不想写作业，只想好好玩一会儿，尤其到了周末，这种想法会特别强烈。我知道自己这样不好，也很想像别人那样成为一个勤奋好学的好学生，我决定先从这样几个方面改：

1. 每天给自己多一个小时的看书时间。

2. 多做课后练习，确保能够掌握当天的学习内容。

3. 需要背诵的内容反复练习，不再嫌麻烦。

4. 即使是周末也不能偷懒，当天的学习计划要按时完成。

5. 不断改进自己的学习方法，调整学习时间，直到最合理为止。

6. 空闲时间也要尽量用在学习上。

用你的 **心** 去跳舞

苏莎，是一位著名的印度舞蹈家，在其事业的巅峰时期，却不幸遭遇了车祸，她的右腿被迫截肢。对于一个以舞蹈为职业的人来说，失去了一条腿，无疑也就失去了整个事业，但苏莎却并不轻言放弃。

在随后的几个月里，苏莎邂逅了一位医生，这位医生用在硫化橡胶中填充海绵的方法改进了假肢技术，医生为苏莎量身定做了一只新型假肢，装上假肢后，苏莎重返舞台的愿望也日益变得强烈和迫切。苏莎知道，首先自己要坚信梦想一定能实现。于是，为重返舞蹈世界，她开始了艰辛的尝试，她学习平衡，弯曲，伸展，行走，转身，旋转，直到开始翩翩起舞。

刚开始的练习是极其残酷的，因为恢复还不算足够，所以苏莎的腿不断地受伤，脚也被磨破了皮，可是她没有叫苦，只是默默地坚持着。每天她来到舞蹈房的时候，还没有一个人，她便独自在那里舞蹈，跳着属于自己的舞蹈，虽然脚步还有些蹒跚，但是却因为那种生命的张力而更加感人。

苏莎通过不断的练习，终于重新走向舞台。在其后的每一次公开演出中，她都忐忑不安地问父亲演出效果如何，而每一次，她得到的回答都是："你还有很长一段路要走。"父亲对她的表演其实很满意，可是他知道自己的女儿，如果她的表演不是完美的，那么就算所有的人都满意了，她也不会满意。

终于，在孟买的一次演出中，苏莎实现了历史性的恢复，她以令人不可思议的舞姿震惊了所有的观众，让每一位在场的观众都感动得热泪盈眶，苏莎也因为这次演出的巨大成功而重新夺回了原本属于她的舞蹈皇后的位置。当演出结束时，她再次向父亲征询意见，这次父亲什么也没有说，只

穿上拖鞋就能拖地

　　你有没有发现妈妈为了清理家里的灰尘总要弯腰拖地，很辛苦！现在有了这样的一款拖鞋，它的鞋底是可以吸尘擦地的特殊材料，要是家里地板上灰尘不多，那就穿上这款拖鞋在家里随便走走，就能把地板上的灰尘清理干净。要是穿脏了清洗也非常方便，只要把下面一层扯下来清洗就可以了，而不必清洗整只鞋。用它来帮妈妈打扫卫生，一定会得到妈妈的表扬哦！

是充满慈爱地抚摸着她的假肢，眼里全都是爱。

　　苏莎奇迹般的成功，极大地鼓舞了当地的人们，经常有人问她，"在近乎绝望的逆境中，你是如何战胜自己并最终取得成功的？"苏莎总是很平淡地说："我经常告诫自己，跳舞用的是心而非脚。只要我的练习足够勤奋，我就可以再一次站起来，对于这一点，我从来都没有怀疑过。"

　　世界上没有任何事情是不可能的，如果你有成就事业的强烈愿望，你已经成功了一半，剩下的就是用你的心去实现它了。

 成长课堂

　　对于一个舞者来说，截肢是最痛苦的事情，而对于一个失去一条腿还能站起来跳舞的舞者来说，生活给予她最重要的不是健全的身体，而是她的勤奋。正是因为她的勤奋和不放弃，才让她重新回到了舞台之上。

优秀女孩宣言

　　勤奋是可以战胜很多困难的，包括失去一条腿这样惨痛的打击。

一年只休息 三天

在美国，有一个人在一年之中的每一天里，几乎都做着同一件事：天刚放亮，就伏在打字机前开始一天的写作。这个人名叫埃米莉·希尔金，是国际著名的小说大师。

埃米莉·希尔金的经历十分坎坷，年轻的时候，有一段时间她并没有进行创作，但是有志于此的她辞职在家，用自己的全部时间来创作。但因此她失去了生活来源，她曾经潦倒得连电话费都交不出，电话公司因此掐断了她的电话线。

那段时间可以说是非常的艰苦，每天，埃米莉·希尔金吃完早餐就坐在桌前开始写作，她的创作会持续一整天，一直到晚上，要点灯的时候，她才会停下来，准备吃晚饭，而她的晚饭也是很简单的，因为实在没有太多的钱。就算是生活如此艰难，也不能让埃米莉·希尔金萌生出退意，她仍然每天都在坚持着。

后来，她成了世界上著名的恐怖小说大师，整天稿约不断，常常是一部小说还在她的大脑中储存着，出版社高额的订金就已经支付给了她。如今，她算是世界级大富翁了，可她的人生仍然是在勤奋的创作中度过的，并没有因此而发生多大的改变，每天她依然是早早起床，吃完早餐就会坐在电脑前开始工作，一直到晚上。就算是周围的人邀请她去参加宴会或者其他的出游活动，也从来没有改变过她这个工作习惯。

埃米莉·希尔金的成功秘诀很简单，只有两个字：勤奋。一年之中，她只有3天时间是不写作的，这3天是：生日、圣诞节、美国独立日（国庆节）。这样的习惯她保持了很多年都没

女孩卡片

甲壳虫汽车

既古老又时尚，这种矛盾的特性在甲壳虫身上得到了完美的结合。无论是在电视电影中，还是在我们的生活中，新甲壳虫都是全世界女性朋友所关注的焦点。新甲壳虫具有更高的车辆稳定性，制动力可以达到最佳的分布，遇到紧急情况，可以防止车轮打滑。前排的双安全气囊，还有侧安全气囊及可调节的方向盘，都保证了新甲壳虫的安全性。

有改变，也从来没有打算改变，就算是某一天她生病了，她也会坚持完成这一天的写作，再去吃药和休息，这种精神让她的医生都拿她没办法，只好尽量照顾好她的身体，让她不至于因为太劳累而倒下。

勤奋给她带来的好处是：永不枯竭的灵感。埃米莉·希尔金和一般的作家不同，一般的作家在没有灵感的时候，就去干别的事，从不逼自己去写。但埃米莉·希尔金在没有什么可写的情况下，每天也要坚持写5000字。

学术大师季羡林先生曾经说过："灵感出自勤奋。"只要你坚持用勤奋的力量去叩响成功的大门，那么你就一定能获得属于你的成功，就像埃米莉·希尔金一样！

 成长课堂

如果说她的成功因为她的才华，那么她的勤奋就是让她的才华得以展现的窗口，让人们可以通过她的勤奋看到她那无比的才华。作家是一个辛苦的职业，而一个勤奋的作家却不觉得辛苦，因为她的勤劳让她体会到创作的快乐。

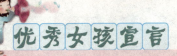 优秀女孩宣言

做一个勤劳的人，我的才华才有机会展现出来。

小说女工——王安忆

王安忆被称为作家"劳模",除作品数量多以外,她写的不少都成为了脍炙人口的作品。

王安忆从1975年开始发表作品,其中《本次列车终点》获1982年全国优秀短篇小说奖,《流逝》和《小鲍庄》分获全国优秀中篇小说奖。在20世纪90年代,王安忆先后推出的几个中篇和长篇,几乎无一不引起文坛的关注。她的《叔叔的故事》不但促人透视当代知识分子的魂魄,而且让人领教了一种全新的叙事方式;她的《文工团》和《我爱比尔》,再次显示了她对历史和当今世事的思考;最近被拍成电视剧和电影的长篇小说《长恨歌》,是她对上海近现代都市史的诠释,曾获"第五届茅盾文学奖"。20世纪末时,她出版了《妹头》和《富萍》,把目光和笔锋转向了社会的最底层。

王安忆的创作不断地激发出评论界的深究热情,但她的作品快速的变化革新却总是让习惯于寻求固定风格分门别类的人捉摸不透。可以说,王安忆毋庸置疑是文坛上一道言说不尽的风景。对于写作,王安忆曾说过,她过得是农民的生活,每天都是早起早睡,上午写作,下午不论做什么,但晚上一定去陪父亲吃饭,每天如此。就这样日复一日做一样事情是很难的,但王安忆做到了。对于自己的作家身份,王安忆自己曾有过这样的评价:"从事写作20多年来,给别人风格多变的印象,可能是因为我作品的量比较大。我没别的事做,每天主要是写小说,我觉得自己特别像个女工,每天就

这么写。"

采访王安忆的时候，记者大都喜欢问，你最近在做什么。不用去猜，她的回答肯定是在写小说，每天都固定写一段，说写就写，说停就停，这种干活的方法，任谁都比不过王安忆。这么多年，文坛也有过几位高产的作家，不过后期的作品都日益减少，除了王安忆。

父亲王啸平曾经说过："我们这个文艺之家里，这几年，安忆是我们家的创作冠军。"在这个圈子里，王安忆的勤奋和高产是人所共知的。王安忆电脑用得不熟练，上网对于她来说更是不行，提起来就"痛苦"。王安忆的稿子一般是用手写完之后再用电脑誊稿，可以说，她的小说都是写两遍的。

王安忆属于不说话则已，一说就能"打"死人的人。有的作家作品写得不好，王安忆毫不忌讳地指出，好事者找来一看，果然和她说的一样。可是对去复旦开讲一学期的小说叙事课这件事，王安忆的认真让人称道。那时候王安忆每天自己挤公交车去学校上课，她做事很有恒心，下了这个决心，就一定会做好，而且她对授课津贴都不在意。

上海的陈思和教授在评点文学人物时，把王安忆排在首位。他对这位多产女作家最为推崇，他认为她是最有持久力的作家，他说王安忆固然有很大的独立性，不与人结伙，但她一直跟着文学潮流走，从不落后。

成长课堂

即便已经是一个知名作家了，她还是这样日复一日、孜孜不倦地笔耕不辍，这种勤奋的精神是我们学习的榜样。在学习的过程中就应该用勤奋来磨炼自己，用尽全力去争取做最优秀的自己。

优秀女孩宣言

用勤奋学习的精神打底的人会是充满自信的。

学习没有捷径

腾空子是唐代著名的书法家。唐代时道教流行，很多女子出家做了道姑，腾空子便是其中的一位。她出家之后，还是一直热爱书法，希望可以继续钻研书法。

为了学习书法，腾空子一开始向著名书法家褚遂良学习，字练到一定程度后，她总想找到一种练字的秘诀，尽快提高自己的书写水平。于是她就问老师练字的秘诀，老师告诉她说："练字没有秘诀，如果说有，那就是勤奋。"

她觉得老师说的这点儿大道理她都懂，但是她觉得，能写好字肯定有什么秘诀，为了找到这个秘诀，她又拜更著名的书法家张旭为师学习书法。张旭是当时最著名的大书法家，他精通各种字体，尤其擅长草书。

腾空子想：老师肯定有许多写字的窍门，在他的指点下，我很快就能一举成名。但拜师以后，张旭却没有透露半点儿学习书法的秘诀。他只是给腾空子介绍了一些名家字帖的特点，让腾空子仔细临摹。有时候，他带着腾空子去爬爬山，游游水，甚至去赶集、看戏，回家后又督促腾空子练字。

转眼几个月过去了，腾空子就这么天天按照老师的要求学习，她想：什么时候老师才教我书法的秘诀呢？腾空子心里非常着急，于是，她决定直接请老师讲学习书法的秘诀。

一天，腾空子发现老师心情不错，就壮着胆子对老师说："学生有一事相求，请老师传授书法秘诀。"张旭一听，觉得她问得有点儿奇怪，就认真地告诉她说："学习书法，一要'工学'，即勤学苦练；二要'领悟'，即从自然万象中接受启发。这些诀窍我不是已经多次告诉过你了吗？"腾空子听了，觉得这不是和褚遂良老师说的一样吗？她想，肯定是老师不愿传授秘诀，于是她又上前一步，向老师鞠躬行礼说："老师说的'工学''领悟'，这些道理我

144

都知道了，还请老师传授我行笔落墨的绝技秘方。"

张旭看着这个可爱又有点儿可气的学生，耐心地对她说："我学习书法，有时是从公主与挑夫争路的过程中觉察了笔法之意，有时是从公孙大娘舞剑的姿态中学到了落笔的神韵，除了观察体悟自然，就是用心苦练，此外，我并没有什么诀窍。"接着他又给腾空子讲了晋代书圣王羲之教儿子王献之练字的故事，最后严肃地说："学习书法要说有什么'秘诀'的话，那就是勤学苦练。不下苦功的人，不会有任何成就。"

老师语重心长的一番话，使腾空子真正明白了学习的秘诀。从此，她静下心来，扎扎实实勤学苦练、潜心钻研，从生活中领悟运笔神韵，最终成为唐代大书法家之一。

成长课堂

学习没有捷径，可是大多数人有太多的幻想，经常幻想好成绩会垂青自己，眷顾自己，但实际上只是一场空想。只有我们付出了辛劳和努力，付出了时间和汗水，成功才会悄悄地来到你的身边。如果说机遇是可遇而不可求的，是自己无法控制的，那么努力则始终掌握在我们自己手中。

优秀女孩宣言

学习无捷径，所以我要慢慢积累。

把握命运勤自学

何香凝是我国著名的妇女活动家,从小时候起,她就有男孩子一般的好胜性格。在院子里爬树,哥哥和弟弟都比不过她。

家里有些亲戚曾同太平天国的人做过买卖,给她讲了不少关于太平军女兵的战斗故事。说她们都是天足,英勇善战,何香凝对她们非常羡慕,就更讨厌缠足了。当她的母亲希望女孩子养成贤淑的性格,强行给她缠足时,她每天晚上都用剪刀将缠足布剪掉。剪刀被搜去,她就再买来剪刀,藏在祭祀祖先的祭坛香炉下面,等到大家都睡觉以后,她再将缠足布剪掉。屡次如此,最后她的母亲只好放弃了给她缠足的念头。

她家里一共有3个男孩子和7个女孩子,还有亲戚家的孩子,因此请了私塾先生在家里设馆教书。但是封建制度下的家庭里,一切都是为男子着想的,她的父亲深信把女孩子送进私塾就会夺走男孩子的聪明,而且"女子无才便是德",所以不许女孩子上私塾读书。

她听到兄弟们的读书声,非常羡慕,就买了他们诵读的书本偷偷自学。遇到不懂的字,她就叫女仆拿到先生处去问。她的学问就是这样从自学开始的。

有一次,何香凝拿来了弟弟的一本书,她如饥似渴地看起来,一直到了掌灯的时候还舍不得放下,半夜,她又拿出来看。因为第二天弟弟上学要带走那本书,所以她必须看完。那一夜,她熬得眼睛通红,第二天没精打采的样子被父亲看到了,责怪她没有女孩子的样儿。何香凝只是笑一笑，调皮地跑开了，要是父亲知道她是因为读书没有睡觉，那可就不是责怪两句那么简单了。

在当时的环境中，何香凝想要获得学习的机会很难，但是通过她不断地自学，她的才学居然比在私塾里念书的兄弟们都要好。她父亲发现了这一点，深深地对自己的女儿感到惭愧，于是决定送她去女子学校读书。

到了学校之后，何香凝就好像来到了天堂，这一切都是她想要的，她每天都会泡在图书馆里，几乎除了睡觉，在宿舍里都很难找得到她的影子，当别人都在玩耍的时候，她总是一个人默默地在学习。这种精神，感动了她的老师，老师从来没有看到过这么勤奋的姑娘，不由得对她另眼看待，指导她学习了很多课堂上没有的知识，何香凝也一步步成长了起来。

后期的何香凝，不仅爱学习，更喜欢画画，她最擅长的是画虎，虽然是一个女孩子，但是她画的老虎却很威风，很有生气，获得了不少行家的好评。

成长课堂

做一个勤奋读书的女孩，在当时的社会来说要受很大的压力，为了获得知识，何香凝付出了很多的辛苦，然而再多的辛苦也无法改变她对于知识的渴求。她的这种勤奋精神，不止在学习上，在后来的革命活动中使她脱颖而出，可见勤奋对一个人是多么重要啊。

优秀女孩宣言

做一个勤奋的人，不仅仅是学习方面，还包括生活的各个方面。

十二个第一名

我国女科学家林兰英是福建莆田人。她在获得美国宾夕法尼亚大学的博士学位后回国，受到了周总理的亲切接见。后来她在中国半导体材料科学研究领域，作出了重大的贡献。小时候，林兰英的家境很困难，父母无法同时供养几个孩子上学，曾经一度让她休学。幸亏她勤奋努力，才获得了继续读书的机会。

在林兰英小学毕业后的一天晚上，母亲把她叫到跟前说："兰英，一个姑娘家读到小学毕业，识几个字就不错了，念那么多书也没啥用。你几个姐姐都能干活养家了，你上学不但不挣钱，还要花钱，家里哪有那么多钱供你呀？下学期你就别念了。"

林兰英知道家里不宽裕，但是她又实在不愿放弃学习的机会，就对妈妈说："我听说中学有规定，考试得第一名可以免除学杂费。我向您保证，上中学后我好好学习，考第一名，不用家里交学杂费。"母亲看她这么想读书，也就答应了。

不过，母亲并没有把林兰英许诺考第一名的事情放在心上，她心里想：姑娘家哪能那么容易就考第一呀！让她再读半年，到时考不到第一，她就会死心的。

林兰英上了初中，班里就她一个女生，所有的男生都瞧不起她，不和她说话。但是她并不因此而自卑，反而更坚定了考第一名的决心。她上课认真听讲，下课认真复习，别人学习时她在学习，别人不学习时她也在学习。经过半年的努力，她真的考了第一名，争取到了免去学杂费的机会。而母亲却认为这只是一个偶然，可是既然有约在先，也就不好反悔，就答应她再读一个学期。

第二个学期期末，林兰英又拿着第一名的奖状向母亲报喜。母亲很吃惊，知道自己低估了女儿。父母看到自己的女儿有志气，都很高兴，就让她安心读书，不要惦记家里，就是再难，也要供她读完初中。可是，林兰英并没有放松

西班牙的番茄节

　　西班牙的番茄节,被称为是世界上最大的"番茄大战"。每年的8月下旬,上千名市民涌入街头,相互抛掷番茄,在1个小时内数以吨计的番茄被消耗。"番茄大战"始于1945年,起源于年轻人用西红柿投掷乐手的喇叭的游戏。现在,人们通过这样的活动尽情放松压抑的心情,并重新找到童年的感觉,因此这个奇特的节日在西班牙正变得越来越盛行。

对自己的要求。初中三年,她一共得了6个第一名。母亲的脸上终于绽放出了欣慰的笑容。

后来上了高中,林兰英仍然年年考第一。6年的初高中,她共拿了12个第一名。她为了实现自己许下的诺言,付出了超乎常人的辛苦和努力。后来她终于学业有成,在半导体材料领域为国家作出了重大贡献,成为国内外知名的科学家。

　　要想抓住得之不易的机会,你必须做出最大的努力,这既是对自己的挑战,又是对支持你的人的交代,成功的真正意义就在于此。

成长课堂

　　一个勤奋的人可以战胜一切,哪怕是命运。如果林兰英当初没有勤奋学习,那她就会失去宝贵的求学的机会,那么她的人生也将被改写。但是,她凭着自己的勤奋,战胜了命运的安排,夺得了属于自己的胜利。

优秀女孩宣言

我相信勤奋可以战胜一切。

读了这么多精彩的故事,和故事中的主人公比起来,你觉得自己能成为一个勤奋好学的女孩吗?不妨来训练营锻炼一下自己吧!

聪明来自勤奋

王晓培的聪明是班上同学有目共睹的,老师所教授的知识,她总是记得最清楚;老师讲过的内容,她都可以复述得一字不差。所以,王晓培的成绩在班上是名列前茅的。

有一次,同学们都夸王晓培好聪明,天生是好学生。但是王晓培却笑了,她说:"其实,我一年级的时候,数学只能考62分。"这让同学们大吃一惊,急忙问她:"那你为什么现在这么聪明呢?"王晓培说:"现在我可以取得这么好的学习成绩,主要是因为我明白了一个秘密。"听她这么一说,同学们都请求她快快说出那个秘密,好让所有人都变得聪明起来。王晓培神秘地让同学们猜猜看。

同学们,你们觉得王晓培所说的让人变聪明的秘密是什么呢?

答案在60页

《为谁而学习》答案:

了解到这个情况之后,王老师单独找李小萌谈话。她问李小萌:"为什么以前学习那么用心呢?"李小萌回答她说:"因为只要成绩好,我就能吃喜欢吃的东西,零花钱会很多,爸爸妈妈也会对我很好。"

王老师语重心长地说:"爸爸妈妈并不是为了给你零花钱、让你吃好吃的,他们的目的是让你更加用心地对待功课。我们学习的目的,是为了提高自己,让自己变成一个有知识、有文化的人,变成一个可以掌握美好未来的人,而并不是为了博得爸爸妈妈的欢心啊!"

李小萌激动地说:"以前我只是为了让爸爸妈妈高兴才学习,现在我知道我应该好好学习,为了让自己拥有一个美好的未来。我懂了,谢谢老师!"

第九章
热爱阅读，纵情徜徉在阅读的海洋

◀ 以前的我

我把没做完的习题集放在课外书上。

> 根本没有时间读课外书。

做完作业已经晚上9点了。

◀ 现在的我

我在床头放上一两本书。

> 每天少睡半个小时就能看不少书了。

每天睡前看半小时书。

◀ 以前的我

我打开书柜去找书。

这些书买了这么久，一本也没读完过。

我擦去书上的灰尘。

◀ 现在的我

给自己做的时间表上安排出课外阅读的时间。

只要有时间就能拿出来看。

随身携带想要读的书。

以前的我

桌上有名著书籍，也有明星杂志。

我津津有味地看着明星杂志。

现在的我

把明星杂志都放在屋子的角落里。

我专注地看《鲁滨逊漂流记》。

◀ **以前的我**

可可，跟妈妈上图书馆去！

妈妈拉我去图书馆。

不，我不去图书馆。

我使出"哭功"，不愿去图书馆。

◀ **现在的我**

我最喜欢的场所是图书馆。

每次去都会看一整天。

我喜欢书，也买了很多书，但最近买回来的那些书我几乎都没有读过。不是不想看，而是拿不出那么多时间。另外，我也开始怀疑读那些书到底有没有用，因为以前我也读过不少课外书，看到了很多优美的句子，后来写作文的时候特别想引用一下，但当时却完全想不起来，真是让人着急。我觉得，多看书应该是有用的，我还是重新做个计划吧！

1. 每天根据情况，在睡前拿出10~30分钟时间来读书。

2. 随身带一本书，有空的时候可以拿出来读。

3. 涉猎广泛，各领域的书都可以看看。

4. 和同学交换书来看，可以学到更多的知识。

5. 做读书笔记，闲时拿出来看看，加深印象。

6. 把从书上看到的内容和自己的感想跟

   同学分享，增强对知识的理解。

书籍做伴的童年

伊迪的父亲在她很小的时候便因肺结核在中国天津一家德美合资医院去世了，之后，她的母亲米尔德丽德很少在家，把伊迪托给亲戚照看。

在伊迪整个童年时代，米尔德丽德一直都心情郁闷，萎靡不振。她不仅没了丈夫，也没了公司收入，没了工作，没了独立性，没了地位——取而代之的是孩子提出的没完没了的要求。米尔德丽德整天昏昏欲睡，根本不可能翻阅或者评论一下孩子全优的成绩单。

1939年9月，伊迪开始上一年级。回头看看，伊迪觉得那简直是个笑话："当时，我6岁，星期一，我被分在一年级A班；星期二，他们把我放在一年级B班；星期三，到了二年级A班，星期四转到二年级B班。一周下来，他们让我跳到三年级，因为那些功课我全会了。"当时，没有专门为特长生开设的班级。伊迪学的科目和其他孩子一样：作文、拼写、阅读、音乐、艺术、算术、社会、卫生体育和基础科学。

为了引人注目，伊迪认为有必要夸大她与同学之间的差异，她对他们说自己是在中国出生的。她希望给人以印象：她与遥远的地方有联系；而中国，她后来说，似乎是"人能去的最远的地方了"。

伊迪7岁已养成看完一个作家主要作品的习惯。首先是艾伯特·佩森·特休恩的《铁路工凯莱布·康诺弗》《一只名叫切普斯的狗》《小动物与别的狗》。然后，9岁的伊迪开始去啃大部头小说，如她在母亲的一套6卷本中找到的维克多·雨果的《悲惨世界》。

不过，更为重要的是，伊迪发现了游记作家理查德·哈里伯顿。在《理查德·哈里伯顿奇观全集》里，一封致读者的信旁边是作者的一张照片，看上去三十来岁的他英俊潇洒。信里写的是，还是个孩子的时候，他就最喜欢看书上全是"世界上最奇妙的城市、大山和寺庙"的图片。他爱看那本书，因为它把他带到了"陌生而浪漫的地方"，让他流连忘返。

后来，伊迪在回答什么书改变了她的人生时，她说首先是哈里伯顿的书。他让她看到，作家的生活是如何"有特权"，又是如何充满了"无尽的好奇心、精力和表达力，以及无比的热情"。哈里伯顿写过登埃特纳火山、波波卡特佩特火山、富士山和奥林匹斯山。他下过大峡谷，跨越过金门大桥，当时，金门大桥尚未竣工呢。他去过莫斯科的列宁墓，到过中国的长城。"哈里伯顿让我充满欲望地意识到，世界辽阔广袤、历史悠久，世界上可看的奇观、可听的故事不胜枚举；他让我意识到我自己也能看到这些奇观，听到与奇观有关的各种故事。"伊迪回忆说。

这种往事令人回忆起伊迪7岁时为之激动不已的一些事，她当时就意识到世界要比图森大得多，而她的玩伴、老师和其他成年人对外面的世界并没有憧憬，眼界未免太窄了！成人为何如此谨小慎微？伊迪想不明白。她想，"等我长大成人，我得留心，可别让他们阻止我从敞开的门飞出去。"

成长课堂

阅读可以开阔我们的眼界，让我们认识到不同的世界，对这个世界产生更多的好奇。很多著名作家都是从小便养成了阅读的习惯，他们通过阅读各种著作来积累语言、增长见识，正是这种从小就开始的阅读习惯，成就了他们后来的创作。

优秀女孩宣言

不读书，我就无法了解世界，读书是满足我对世界的好奇心的最佳方法。

阅读成就人生

苏珊·桑塔格，美国现有的两位目光最敏锐的论文家之一，1933年生于美国纽约，80年代任国际笔会主席，是重要的文学家和批评家，曾被誉为"美国最智能的女人"。

1966年，33岁的苏珊·桑塔格移居纽约。那时，她的梦想是成为一个专门写小说的作家。后来的情形与她的预期不远也不近——"不远"是说，她赖以名噪天下的，还是文字；而"不近"则是说，使其蜚声文坛的不是小说，而是文论。

说到底，这世界上有两种人，一种是写书给别人看的人，一种是看别人写的书的人，桑塔格无疑属于前面那个阵营，虽然她有时会产生自己属于后者的错觉。

桑塔格是典型的"天才少女"，日记里出现的第一本书是里尔克的《杜伊诺哀歌》——"尽早阅读斯蒂芬·斯彭德翻译的《杜伊诺哀歌》"，时间是1948年9月1日，这一年她15岁。

少女桑塔格跟《词语》中的男孩保罗·萨特可谓"双璧"，他们读书之早、读书之贪婪，都让人战栗。桑塔格曾在《向哈里伯顿致敬》一文中说："我最早读的那些旅行书是理查德·哈里伯顿写的，它们无疑可列入我人生中最重要的书籍。1940年，也就是我7岁的时候，我读了他的《奇观录》。"

1957年1月，桑塔格在日记中列了两份《童年札记》的大纲，当中提到不少阅读的经历，其中一份未按时间顺序排列，随想随记，另一份则按时序，不过内容没前者丰富。通过日记可以了解到，桑塔格不仅读了可以算作标准儿童读物的《悲惨世

界》，而且还读了《星星监狱两万年》这样一本厚厚的记述美国司法状况的书，以及讽刺小品文集《天涯》，实在很难想象一个10岁的小女孩会读这样的书。

事实上，在Forest Hills时期，桑塔格还在儿童杂志True Comics上读过白求恩的故事，读过Albert Payson Terhune那些讲牧羊犬的小说、Lynd Ward的木刻小说Gods' Man，自己买过一本谈瓷器的书，并买过一本卡尔·凡·多伦的《美国革命秘史》作为赠给母亲的生日礼物。少年桑塔格的阅读范围，似乎不比小萨特的窄。

对于读书，量是关键性的因素，那么在短时间内消化大量阅读内容，就涉及速度的问题。读书界一直为一种"慢读主义"的保守势力支配着。关于读书速度，日本社会学家清水几太郎在《如何读书》一书中提出过一个有趣的说法，他认为读书就是要顺着"观念的急流"而下，"读书有点像吃荞麦面。荞麦面这玩意儿，就是要不辨其味地呼哧呼哧吞下去。如果不一气吃下去，那可就太傻了。"桑塔格也很注意保持自己的阅读速度，她在谈到卡内蒂时讲过："对于早熟的孩子来说，思考就是一种速度。"

桑塔格青少年时代快速、大量地读过的这些书为她后来的成就奠定了坚实的基础，其中也有一些作品的内涵渗入其思想深处，有时会自然地反映出来。

成长课堂

也许有很多人并不喜欢阅读书籍，他们会觉得那些都没有什么用，而实际上阅读是一个积累的过程，只有读得多了，我们才能学到更多技巧和语言，才能更加丰富我们自己。如果现在的你正在为写作而头疼，那么不妨从现在开始，多读一些好书吧！

优秀女孩宣言

从今天起，我要多阅读一些书籍，让自己变成一个语言丰富、见识广博的人。

爱看书的 体操女孩

2006年10月21日，在丹麦阿尔胡斯举行的第39届体操世锦赛上，一位中国女孩连夺跳马、自由体操两个项目的冠军。就在一年前，同样是在世锦赛上，也因为这个女孩而增加了一个以中国运动员名字命名的动作——"程菲跳"。而在2006年12月多哈亚运会的体操赛场上，夺得女子团体、跳马和自由体操3枚金牌的光芒更是让世界记住了这个个子不高、笑容甜美的姑娘。

赛场上这个个子不高的阳光女孩，在训练之外，正在以另一种独有的方式，静静地做人生积淀。刘群琳指导的宿舍里有一个大衣柜，柜顶堆放着许多书。程菲经常爬到那上面取书，刘指导也给她推荐一些书，如《诸葛亮》《上下五千年》等。遇到文言文，程菲就查字典，一点一点地弄懂。此外，程菲还爱抱着《世界地图册》凝神。每次出国比赛，程菲总要细心阅读上面的文字介绍。

为了养成队员良好的生活习惯，教练会把他们数目较大的收入收缴上来统一保管，留一些零花钱让队员支配。而程菲每次"上缴"都是最积极的，甚至连零花钱都一并上交。周末，别的女孩儿结伴去购物，刘指导都要关切地问："程菲，你要不要拿钱去买点东西？"程菲总是摇摇头："其他的我都不用买了，买点书就行。"只要爸爸妈妈来北京，程菲都会把自己攒起来的钱全部交给他们。2005年春节，程菲的父母到北京，很想给女儿买点节日礼物，可买什么呢？程菲想了想："那就给我买个天文望远镜吧。"和爸妈一起从市场抬回一大包零件之后，程菲便在宿舍里皱着眉头，一

英国的追逐奶酪节

Brockworth作为英国的一个省份，因其特殊的节日而名扬四海，那就是著名的"追逐奶酪节"。每年的5月在Brockworth省的小山上，人们都要来一次疯狂的奶酪追逐赛，比赛时，主持人将巨型奶酪从山顶推下，同时发出起跑口令。数十名参赛者，无论男女老少，争先恐后地奋力追逐奶酪，最先追到者获胜，但至今仍没有一个人能追到奶酪。

边对着说明书，一边自己动手组装这台专业的天文望远镜。几天后，刘指导来程菲宿舍，一进门便被那阵势吓了一跳：一架"大炮"架在程菲的宿舍里，"炮口"直指窗外的天空。

"小孩很不简单！看书不仅长知识，也对自己和教练的交流沟通以及训练有间接帮助，我们感觉和程菲沟通起来更容易。"刘群琳指导按捺不住自己对程菲的赞赏之情。

成长课堂

不管你在何种领域取得了什么样的成就，书籍都能帮助你远离浮躁尘世、沉淀心灵。沉重而艰苦的训练后，是对书的渴望，只有看书能让自己沉淀，在书的世界里回归一个真实的自己。

优秀女孩宣言

把书当成我最好的朋友，形影不离。

争分夺妙读书的邓颖超

邓颖超虽然一直很忙，可她总要挤出时间用来看书学习。她的故居，简直是书的天地，卧室的书架上，办公桌、饭桌、茶几上，到处都是书，床上除了一个人躺卧的位置外，也全都被书占领了。

为了读书，邓颖超把一切可以利用的时间都用上了。就算只有几分钟的空暇时间，她也要看上几句名人的诗词；游泳上来后，她顾不上休息，就又捧起了书本。连上厕所的几分钟时间，她也从不白白地浪费掉。一部重刻的宋代淳熙本《昭明文选》和其他许多书刊，都是利用这些挤出来的时间，今天看一点，明天看一点，断断续续看完的。

邓颖超外出开会或视察工作，常常带一箱子书。途中列车震荡颠簸，她全然不顾，总是一手拿着放大镜，一手按着书页，阅读不辍。到了外地，同在北京一样，床上、办公桌上、茶几上、饭桌上都摆满了书，一有空闲就看起来。

邓颖超晚年虽重病在身，仍不废阅读。她重读了解放前出版的从延安带到北京的一套精装《鲁迅全集》及其他许多书刊。有一次，邓颖超发烧到39度多，医生不准她看书。她难过地说："我一辈子爱读书，现在你们不让看书，叫我躺在这里，整天就是吃饭、睡觉，你们知道是多么地难受吗？"

工作人员不得已，只好把拿走的书又放回邓颖超身边，她这才高兴地笑了。

邓颖超历来反对那种只图快、不讲究效果的读书方法。她在读《韩昌黎诗文全集》时，除少数篇章外，都一篇篇仔细琢磨、认真钻研，从词汇、句读、章节到全文意思，哪一方面都不放过。通过反复诵读和吟咏，韩集中的大部分诗文她都能流利地背诵。《西游记》《红楼梦》《水浒传》《三国演义》等小说，她小学的时候就看过，到了六十年代她又重新看。她看过的《红楼梦》差不多有十种版本以上。一部《昭明文选》，她上学时读，五十年代读，六十年代读，到了七十年代还读过好几次。她批注的版本，现存的就有三种。

可以压缩的垃圾桶

你是不是总被妈妈叫去倒垃圾呢？现在有了这个垃圾桶，你就可以少跑几趟了！这是一个绝好的设计，可以增加垃圾桶每次装垃圾的数量，设计师将垃圾桶设计成可以伸缩的方式，要是垃圾快装满垃圾桶了，我们就可以用脚在垃圾桶上踩几下，垃圾桶就会长高，这样它又可以多装点垃圾。用这样的方式设计成一个完整的产品，为我们带来了不少方便。

一些马列、哲学方面的书籍，邓颖超读的遍数就更多了。《联共党史》及李达的《社会学大纲》，她各读了十遍。《共产党宣言》《资本论》《列宁选集》等，她都反复研读过。许多章节和段落还作了批注和勾画。

几十年来，邓颖超每阅读一本书，一篇文章，都要在重要的地方划上圈、杠、点等各种符号，在书眉和空白的地方写上许多批语。有时还把书、文中精当的地方摘录下来或随时写下读书笔记或心得体会。邓颖超所收藏的书中，大多是朱墨纷呈，批语、圈点、勾画满书，直线、曲线、双直线、三直线、双圈、三圈、三角、叉等符号比比皆是。

邓颖超的读书兴趣很广泛，哲学、政治、经济、历史、文学、军事等社会科学以及一些自然科学的书籍她无所不读。在她阅读过的书籍中，历史方面的书籍是最多。中外各种历史书籍，特别是中国历代史书，邓颖超都非常爱读。从《二十四史》、《资治通鉴》、历朝纪事本末，到各种野史、稗史、历史演义等她都广泛涉猎。她历来提倡"古为今用"，非常重视历史经验。她是一个真正博览群书的典范。

成长课堂

邓颖超是我国老一代的革命前辈，她一生中绝大部分的时间都在为了中华民族的崛起而奋斗着。但是尽管如此忙，她还是不放弃每一个读书的机会，真正做到了博览群书。她这种爱阅读的习惯，对她在建设祖国的过程中发挥更大的作用打下了坚实的基础。

优秀女孩宣言

读书可以给我带来精神支持，让我的生活更加幸福。

舞蹈的心灵有书浸

　　邰丽华，因领衔主演舞蹈《千手观音》而一夜成名，她的美丽与自强让这个世界上看过其表演的人，无不被深深地感动。她是幸运的，所到之处无不受到大家的追捧，人们喜欢她，也希望了解她，更希望从她的身上得到心灵的净化和奋进的力量。

　　盛夏的一天，百忙之中的邰丽华在手语老师李琳的帮助下与我们进行了一次特殊的交流。"读书应该是一种很个人化的事情，是在什么时候，读书开启了你的心灵？"

　　邰丽华显然对这个问题很感兴趣，她快速地向李琳打着手语回答道："作为一个聋人，因为失去了听力，所以获得信息的渠道是比较窄的。因此为了丰富自己的内涵，就需要看许多方面的书，以便获取更多的信息使自己充实起来。我小时候常常是捧着一本书一遍又一遍地读着，渴望着把书中的每一个字都理解清楚。

　　"小学的时候，我的班主任送给我一本《雷锋传》，这本书给我的印象特别特别的深刻，可以说是它在很大程度上开启了我的心灵。我捧着这本书读了一遍又一遍，真的希望把这本有着插图的书中的每一个字都印刻在自己的心里。记得当时，我会很熟练地背诵书中的格言和警句，也许我那时并不能全面地理解'雷锋精神'，但是书中传递出的共产主义精神，却足以激励和鼓舞我战胜自己面临的困难。那个时候的读书生活，是非常值得怀念的，因为那是一个很享受的过程。许许多多的连环画、小人书，给大家带来了无穷无尽的快乐，大家只知道如饥似渴般读书，读书成了一件非常纯净而不带有功利色彩的事情。"

　　到了初中的时候，邰丽华也和其他小女生一样，喜欢上了琼瑶的言情小说。但是，当时她所在的学校管教得特别严，老师们是不允许同学们看言情小说的。至于当时为什么喜欢读琼瑶小说，邰丽华的解释是：

"琼瑶把爱情写得非常细腻，讲述的也是真善美战胜假恶丑的故事，所以很容易让人跟随着情节走入到书中去。"

当说到中国古典四大名著时，邰丽华说，《红楼梦》《西游记》甚至《聊斋》她都读过。但是《三国演义》和《水浒传》她却没能读完，因为里面有太多舞枪弄棒的东西，对于打仗和权谋的描写她实在没有太大的兴趣。对于《红楼梦》，她印象最深的情节是"黛玉葬花"。当时读到那一章节时，从曹雪芹细腻传神的描写中，她可以感受到林黛玉当时的心情是怎样的。而在四大古典名著里，邰丽华印象最深也是最喜欢的是《西游记》。尽管里面也有打打杀杀、舞枪弄棒的东西，但最吸引她看的原因是书写得非常好玩。小时候看《西游记》时，她就梦想自己能像孙悟空一样，有七十二变的本事。她认为孙悟空其实是一个简单的人物形象：他敢作敢为，爱打抱不平。一件复杂的事情在孙悟空手里会以最简单的方法做完。孙悟空特别讲义气，有正义感。总之，《西游记》整体都写得有趣和好玩，特别吸引她读。她不仅渴望自己成为像孙悟空那样有正义感的人，还希望自己能够将一只很大很大的船变成一座大房子，她和爸爸妈妈能在宽敞地房子里面居住。

邰丽华特别喜欢描写真善美的文学作品，她相信真善美的文学是最能打动和鼓舞人的。

成长课堂

书籍是我们的精神食粮，更是残疾人朋友打开心灵的窗户，感受世界的路径。体会书中的爱恨情仇，体会生命的悲欢离合，让我们都拥有一颗细腻真挚的心。

优秀女孩宣言

我要让我的生活因为有阅读而更精彩。

华裔神童小作家

邹奇奇

对我来说，图书馆就像糖果店——不过它们是像天堂一样的糖果店。

——邹奇奇

作为被称为"神童"的孩子，邹奇奇的世界到底是怎样的？她是不是失去了她本该拥有的童年的轻松快乐？

邹奇奇，3岁半开始读英文书，一天能读3本小说，至今已读书1700本；4岁开始英文创作，现在已创作短故事、历史小说、幻想小说、寓言类小说等33万字，400多篇故事和诗歌。打字速度已达到80字/分钟。奇奇每周都创作出上千字的小说、非小说及诗作。她去年出版的故事集《飞扬的手指》，其中的300多篇故事大多以中世纪为背景，从古埃及写到了文艺复兴，文中透露出的政治、宗教和教育见解，思想深刻，文思严谨，令人难以相信这是一名8岁女孩的作品。

她希望可以通过这本书激励其他小朋友，从写作的乐趣中去想象、探索一个更美好的未来。

对于奇奇的成功，奇奇的妈妈并不认为是天资，奇奇在阅读和写作方面的兴趣是受了家庭环境的影响，至于她在这方面表现出的能力以及所取得的成绩，则是靠自己每天3本书的阅读和孜孜不倦的写作积累的结果。辛勤的努力是她的法宝。

每到晚上，父亲会给两个女儿读故事书。对于他们家而言，迄今为止有3种外出的地点是其乐无穷的，那就是去图书馆、去书店、去餐馆，其中有两项与书有关。在父亲的带领下，两个女儿都读了很多书，也买了很多书，特别是奇奇。父亲认为，要想成为一个成功的爸爸，"孩子小时候每天给他们读书还不够，他们还得看到你在读书而不是在看电视。"如果说热爱读书原本是这个中美结合的家庭共同的乐趣，那么由热爱读书到热爱写作就完全是奇奇的自发性行为了。直到他们发现小女儿奇奇竟然在一年的时间里自己独立写了25万字的故事，

他们才意识到必须给孩子以帮助和引导。

奇奇每天一大早起床之后，穿上衣服，跟妈妈打声招呼，然后就会去书房，把自己的计算机打开。吃完早餐，她就开始坐在计算机前面，创作她的小说。奇奇妈妈说，为了不让女儿把眼睛累坏，她要求奇奇每天的写作不超过两个小时，除去写作、吃饭、下午上课和午睡的时间之外，奇奇会坐在自己的房间里看书，下午也会和姐姐、小朋友玩一会儿。奇奇最大的嗜好是逛书店。买书也是父母在两个女儿身上的最大投资。妈妈说，奇奇对漂亮衣服的兴趣远远比不上对一本好书的兴趣。奇奇说："我不喜欢看卡通片，它们都很无聊。我喜欢和爸爸、姐姐一起看历史频道，我还喜欢看美食频道。"

作为有二分之一华裔血统的邹奇奇，虽然在美国土生土长，但她对中国文化也很感兴趣。她看过《毛泽东传记》，听妈妈讲过《西游记》，看了很多中国历史书籍，了解第一个统一中国的皇帝秦始皇。她最喜欢的中国文学名著是《西游记》，她喜欢孙悟空，在她看来，唐僧是个懦弱的人。她也吸取了其中的精华，并受到启发运用到自己创作的故事里面。在她写的故事里，王子都走遍了不同的国度，见到各国不同的风土人情。

成长课堂

天才不是自恃有才就不需要再努力，不是生来就会写文章，只有通过后天的勤奋才能让自己走得更远更好。俗话说"勤能补拙"，我们不是天才，更应该通过勤奋来给自己的未来打造一双翅膀，翱翔天际。

优秀女孩宣言

不要羡慕别人的成就，要像他们一样通过努力来实现自己的理想。

读了这么多精彩的故事，你是否已经意识到阅读对于人生的重要意义了呢？不妨来训练营检验一下自己吧!

智多星 的故事

在我们班上，有一个"智多星"，她就是蔡亚丽，不管你有什么问题，她都能在最短的时间内给你答复。

譬如说吧，上个星期我的同桌问我一个脑筋急转弯："有一个人叫做阿丁，他做事总是拖泥带水，但是却从来没有被长官罚过，你知道这是为什么吗？"这个问题让我苦思冥想了好久都得不出答案，蔡亚丽听了，哈哈一笑，说："很简单，因为阿丁是一个泥水匠啊！"听到这个答案，我恍然大悟。

看到蔡亚丽这么聪明，我不由得羡慕起来，并且想了解一下她是怎么做到的。蔡亚丽神秘地打开她的书包，说："因为我的书包里有一个真正的'智多星'帮助我呀！"

同学们，你知道蔡亚丽的书包里装着什么东西吗？帮助她的"智多星"会是谁呢？

答案在40页

《李菲的大梦想》答案：

王老师告诉李菲说："当我们的目标过大，压得我们喘不过气来的时候，梦想所起的就是反作用了。这时，我们需要做的就是分解我们的目标。"

"譬如说，你的目标是成为诺贝尔文学奖的获得者，你首先要成为一个优秀的作家、要有优秀的作品；那么，你就要提高自己的文化底蕴，因此你必须去一所优秀的大学学习；如果你想进到优秀的大学，那么你必须考上重点中学。这样一个个分解下来，你会发现自己的目标正在一步步的实现。所以对于目前的你来说，只要努力学习，就是为梦想付出最大的努力了。"

李菲听了老师的话，茅塞顿开，原来她只要把大目标分解为小目标，一切就可以顺理成章地展开了，而自己也不会因为压力过大而苦恼了。

第十章
善于积累，建造坚实的知识堡垒

▶ 以前的我

看报只看些趣味性强的故事。

这些报纸一点都不好看。

看完就把报纸扔进垃圾桶里了。

◀ 现在的我

看报时发现了有用的信息就把它们剪下来。

这样日积月累就会有收获。

自己动手做剪报。

让女孩热爱学习的62个故事

◀ 以前的我

老师发下语文试卷。

真不应该，有的题还是犯和以前一样的错误。

我看着试卷上被扣分的地方。

◀ 现在的我

把错题都整理在专门的一个"错题本"上。

只要有时间就拿出这个小本琢磨错误原因，解出正确答案。

以前的我

手风琴在房间的一角已经落满了灰尘。

不是我不想练习，是没有时间啊！

我无奈地看着它叹气。

现在的我

每天吃完晚饭后练半个小时手风琴。

第二名

在比赛中获得名次。

让女孩热爱学习的62个故事

◀ 以前的我

看作文书时不做笔记。

看书真没用，写作文的时候一个都用不上。

写作文时我又被卡住了。

◀ 现在的我

我一边看书一边将看到的好词好句整理成笔记。

写作文时，这些笔记就是我最好的帮手。

我总习惯在每次考试前拼命地复习，不熬到深夜不会睡觉，弄得自己疲惫不堪不说，每次还是考不出理想的成绩，这让我很郁闷。学习委员莹莹告诉我，要想每天晚上都能早点休息，还能考出好成绩，就必须做到每天复习，知识是靠积累而来的，而不是考试前才来临时抱佛脚。哦，原来是这样，看来我应该这样学习才对——

1. 在读书看报时做个有心人，把好词好句都用一个小本记录下来。

2. 英语单词必须每天记10个，累积词汇量。

3. 平时认真复习，不在考前临阵磨枪。

4. 一次的测试成绩不理想，不要气馁，知识是积累的过程，争取下次考好。

5. 钢琴练习不要急于求成，只要自己每天都有进步就行。

6. 每天坚持锻炼身体，期末800米测试就一定可以通过。

每天成功1%

  我几乎每天都会收到邮件，有时也会收到许多垃圾邮件，对此我十分反感。

  有一天，我打开邮箱一看，还是有大量的垃圾邮件。当我准备全部删除时，发现有一个邮件的主题为："经理，请你给我一个机会吧，我会努力的，我将用上全部的力量使自己每天成功1%！"我眼睛为之一亮，觉得好笑，我怎么变成了经理？删除其他垃圾邮件后，好奇心驱使我仔细查看这封邮件。

  我打开这个标题新颖的邮件正文，内容是一个工作受挫的青年写给老总的信。信中他说由于自己刚参加工作，业务不熟，工作中出了差错，影响了公司的形象和效益。公司准备辞退他，他鼓足勇气向老总自荐。言辞诚恳，感情真挚，洋溢着一股积极进取的青春气息。可见他还是非常珍惜、喜欢这份工作的。他每天成功1%的执著信念深深地打动了我。于是我红着脸以经理的口气给他回了邮件：我相信你会很优秀的，年轻人，继续努力吧，每天成功1%，你会成功的。经理期待着你做出很大的成绩！

  发完邮件我仔细算了一下，和一生相比，一天真的很短，以一年365天，一生75岁计算，从18岁成人算起，除去吃喝拉撒、精力不济等种种因素虚度掉10年，还有近50年的时间，如果我们每天努力为确定的目标付出，每天接近目标并成功1%，大概有近183个大目标我们完全可以实现。

  计算结果令我大吃一惊！我们几乎每天都找借口说自己很忙，一年下来真正做成功的事情并没有多少，想想有多少1%被我们所忽略、所放弃！当我们确定一个大目标时，短期内看上去这个目标很遥远、很缥缈，但当我们把它分解到年、月、日，分解到小时、分、秒，分解到1%，如果我们每天每时每刻为1%付出99%的努力，遥远的目标就一下子变得清晰、现实起来！

  大概半年后我收到一封邮件，主题为"那个每天成功1%的青年感谢你的鼓励"，正文内容是这样的："你好，尽管我们未曾谋面，或许你早已忘记了那个错将邮件发给

你的青年。半年前由于我工作上的失误，给公司造成了不小的损失，公司准备辞退我。那时我对公司能否继续留用我，心中没有底。我很喜欢那份工作，那晚我鼓足勇气给经理发了一封邮件，恳求他给我一个继续工作的机会。邮件发出的第二天，我的一个创意被公司采用，给公司创造了一定的效益，公司决定留用我，我还以为是经理看到邮件后给我的肯定。经过半年的努力，我现在坐到了经理助理的位置。有一次我和经理谈起曾经发过的那封邮件，才发现我阴差阳错地发给了你，原来你的邮箱和我们经理的邮箱只有一个字母之差。真的，我非常感谢你，是你给了我每天成功1%的力量和信心，如果没有你的鼓励，说不定我还在找工作。我真诚地希望你在工作和事业中每天不但成功1%，而且每天成倍地收获快乐和成功。祝你和你的家庭幸福。"

我被感动了，欣慰之情油然而生。我很快给他回了一封简单的邮件：一份快乐会变成多份快乐。我也感谢你给我的鼓励，让我们一起接近目标，接近成功。

从那以后我不轻易删除一封陌生的邮件，哪怕一个广告我也耐心地阅读。我深知，说不定我的鼠标轻轻一击就会截断一个陌生心灵通往成功的道路，截断他们充满希望的翅膀，使他们从理想的天空坠落。我顿时明白，人的一生就是使1后面的0不断倍增的进位过程。1就是我们的目标，就是我们为1所付出的努力，如果失去了每天成功1%的信心，就像失去了标杆一样，一切就永远归于0。现在我每天坚持进步1%，我深知，不放弃1%，最小的目标也会变成最大的成功!

成长课堂

其实，只要我们每天努力一点点，就会离我们的目标更近一步，离成功也更近一点点。不要怕每天的积累与付出，事情并没有你想象的那么难，一天天的积累也会给你增添不少收获成功的信心。

优秀女孩宣言

每天成功1%，我想我也可以做到。

神奇的 小纸条

1938年度诺贝尔文学奖的获得者是一位女士——获奖作品是中国题材的《大地三部曲》《异邦客》和《东风·西风》。这位"对中国农民生活进行了史诗般的描述","为中国题材小说做出了开拓性贡献"的获奖者就是赛珍珠,曾经在金陵大学执教的美国人。她的所有获奖作品大都是她在金陵大学一边教书、一边创作而成的。

凡是到过美国作家赛珍珠家中的人都觉得很奇怪:窗帘上、衣架上、柜橱上、床头上、镜子上、墙上……到处贴满了形形色色的小纸条,初到她房间里的人还以为那是什么特殊的装饰品呢。

实际上,这些小纸条并不是空白的。上边写满了各种各样她搜集来的材料:有美妙的词汇,有生动的比喻,有五花八门的资料。赛珍珠从来不愿让时间白白地从她眼皮底下溜过去。睡觉前,她默念着贴在床头的小纸条;第二天早晨一觉醒来,她一边穿衣,一边读着墙上的小纸条;洗脸时,看镜子上的小纸条;在踱步休息时,她一边回忆小纸条上的内容,一边到处寻找启发创作灵感的词汇和资料。她不仅在家里是这样,外出时也一样。外出的时候,赛珍珠把小纸条装在衣袋里,只要一有空就随时随地掏出来看一看,想一想,记一记。由于她这样锲而不舍地搜集、积累材料,一点一点地把材料装进自己的脑子里,再加以灵活运用,因此,她写出了一部部光辉的著作。

　　1923年，赛珍珠写出了处女作《也在中国》，此后便屡屡有作品发表。1927年春，北伐军攻克南京时，社会失去了控制，对于许多外国人来说也是危机四伏，所以她沦为"洋难民"，离开了南京。当1928年夏赛珍珠回到南京的家园时，尽管整座院落成了马厩和"公厕"，但她却在一个小壁橱里惊喜地翻出一个木箱。士兵和劫匪掠走了她的大半家产，却把这个木箱留了下来，箱中完好无损地放着她在母亲去世后为其写的《凯丽的传记》一书的手稿——这部手稿排成铅字时书名改成了《异邦客》。赛珍珠继续创作，不久给美国的朋友戴维·劳埃德寄去了一篇曾经在杂志上发表的小说《一位中国女子说》，同时还附上了未曾发表的续篇，建议将两者合成一部长篇，书名定为《天国之风》。

　　小朋友，"聪明在于勤奋，作文在于积累"，赛珍珠的小纸条成了她的"百宝囊"，你们也用笔记本，搜集材料，建个自己的"百宝囊"，写作文时把材料从"百宝囊"里搬出来，何愁写不好作文呢？

成长课堂

　　把知识都保存在小纸条上，这样的方法确实很独特，可以让人随时取阅，赛珍珠用这种方法积累了不少的知识，并且她取得这么巨大的文学成就，小纸条也可以说是功不可没的。小纸条不仅是一种方法，它更代表了任何时候都热爱学习的一种态度。

优秀女孩宣言

　　我也要把知识记录下来，随时翻阅，提高自己。

学会积累

一位姑娘从小就喜欢画画，可是画了很多年都没有成名。她的画常常摆在书画商那里很久，最终却卖不出去。所以，尽管她画出了很多作品，生活还是很潦倒。有时候，这位姑娘看着那一堆堆被退回来的画，想到了放弃。可是，一想到自己多年的努力，她觉得自己还是有天分的，只是缺少一些经验。于是，她找到了一位大画家。那位大画家的作品很受欢迎，城里人几乎都以拥有那位大画家的画为荣。姑娘想，如果自己向这位大画家请教，一定能够让自己的画得到人们的青睐。

姑娘带着疑惑向大画家登门求教。她问大画家："我画画的速度很快，效率很高，常常一天时间就能画出一幅画，可是要卖掉这幅画我却要等上整整一年的时间，很多时候我的画还会被退回来，这是为什么呢？"大画家沉思了一会儿，问道："你认为你的画已经精益求精了吗？"姑娘愣了一下，很惭愧地回答："我想还没有。"大画家又说："那么，我想，你可以倒过来试试。""倒过来？"姑娘有些不解。大画家肯定地说："是的，倒过来。我想，你要是用一年的时间画一幅画，那么你就能够用一天的时间卖掉它。"

姑娘有些惊讶，她叫起来："一年画一幅，那多慢啊，就算是要精益求精，也不用这么慢吧？"大画家严肃起来："年轻人，创作是很艰苦的工作，如果你想要走捷径，那么你的画只能一年卖一幅。我不是开玩笑。你要想在画画上取得成绩，就按我说的去试试吧。"

　　姑娘认真思考着大画家的忠告，决定按照大画家的建议去做。于是，她开始闭门创作，苦练基本功，不但深入搜集素材，还认真揣摩构思，在画一幅画时，不轻易落笔，而是等每一个细节都胸有成竹之后，才动手去画。她整整用了一年的时间完成了一幅画，直到她自认为已经精益求精了，才把画交给书画商。果然，这幅画受到了很多人的欢迎。

　　"世上本没有路，走的人多了，也便成了路"，路的形成离不开积累的过程。"不积小流，无以成江河；不积跬步，无以至千里"，积累产生量变，量变达到一定程度就会发生质变。这位姑娘就是从画家那里悟出了这个道理，从而她的画作获得了成功。这都告诉我们，在学习工作中，要想获得成功，必须经历一个长期的、艰苦的积累过程。

成长课堂

　　成功的获得从来就不是一蹴而就的事情，一幅不经过沉淀的画作，不会吸引别人的注意。只有在经历了时间的沉淀后，留下了真正精华的东西，创作才会显示出它的魅力。

优秀女孩宣言

　　我要经常沉淀自己，把积累的知识作一个梳理。

一个 永不放弃 的梦

吴绪华是一个平凡的女人，她自幼生活在平武县豆叩镇乡下，那里的物质条件很匮乏，所以大家没有什么文化活动，基本上能吃饱就足够了。但是吴绪华不一样，她从小就爱读书，父母给她的所有零花钱，她都会积攒起来，在赶集时，到镇上买小人书看。

1975年，吴绪华高中毕业后，通过考试，以优异的成绩成为平武县组织部的一名干部。这可以说是她人生的一个转折点，她从此脱离了农村，变成了一名国家干部，当她回想起那一段生活时说：可能是因为自己认真学习的原因，当时的青年没有多少人在学习，而我华的认真学习让我在考试中脱颖而出，从此进入到一个新的世界。

在繁忙的工作之余，吴绪华依然爱读书，还养成了写读书笔记、摘抄名言警句、收藏重要报刊的习惯。她的这些习惯在生活中看上去并没有占用太多的时间，但是经过她长期的积累，她积累的名言警句简直可以称为一本书了，她可以张嘴就说出一大串来，周围的人常常因此而感觉非常诧异，都说吴绪华这些年真是没有白学啊。

吴绪华的求学路其实一直都不平坦，1985年，她的女儿才1岁多，每天都需要人带着。但是吴绪华却没有太多的时间照顾女儿，她白天忙工作，晚上把女儿哄睡后常常读书到深夜。丈夫觉得她太累了，劝她早点休息，她总是说：再看一会儿，再看一个小时就休息。

就是这样每天坚持的一个小时，让吴绪华的专业水平不断地提升着。

几乎每一天，他们家的灯都是最后才关，又是第一个开灯的，因为吴绪华起床

180

看书的时间也很早。终于，她靠自己的勤奋考进了西南师范大学中文系。

学成归来后，吴绪华在工作中逐渐成长起来，通过二十多年的积累，她的学术地位也在节节攀升，越来越受到同行们的关注了。终于在1997年开始担任绵阳医科学校党委副书记、纪委书记。

至今，吴绪华依然坚持不懈地在学习，虽然工作依旧很忙，可是她还是坚持每天晚上2个小时的学习时间。这种长期的积累，让她的工作得到了很大的帮助，截至目前，吴绪华已有多篇论文在报刊发表，有的论文还获了奖。在她的影响下，女儿李知勤奋好学，现在已在清华大学攻读博士了。

 成长课堂

二十多年如一日地坚持读书，并在追求生活的道路上不断进步。吴绪华的每一成就都是每天坚持学习带给她的，她用一种强大的毅力坚持学习，不断积累造就了今天吴绪华的成功，她的成就是当之无愧的。

优秀女孩宣言

每天都坚持两个小时的时间学习，我也可以获得长远的进步。

成功需要多长时间

　　我的一个同学现在成了画家，但她原先是研究数学的。当年她做教师，水平不高，在校园里很被动，对未来没什么希望。

　　她自小喜欢画画，这个兴趣一直伴随着她。当教师后结识了一些美术界的朋友，那些朋友劝说她追求自己的个性和理想，她就辞职了。凭着工作数年的积蓄，她背着画夹走南闯北，过着一种近乎流浪的生活。

　　3年后，她结束流浪，专心致力于绘画。这期间她很贫困，一边卖画，一边靠朋友们的接济生活。和许多文艺界人士不同的是，她基本上不参加任何社会活动，朋友圈子也很小。甚至，她连美术界的新浪潮、新动向她都不甚关心，只是凭着自己的才华和个性，一心追求自己的理想。

　　这样又过了3年，她终于引起了同行们的注意。她的画作以清新、流畅、富有叛逆精神而渐渐闻名。

　　这位朋友向我简单介绍的成功经过，内容很苍白，没什么意思。但有意思的是，她边喝咖啡边给我计算她取得成功实际花费的时间——

　　小时候，她大约从初中开始，喜欢画画，一直到高中一年级，用于绘画或阅读有关书籍的时间平均每天大约1小时，这4年用于绘画的实际时间大约是4×365×1=1460(小时)，约合61整天。

　　读高二、高三时，因为考大学，在严格的环境下，她一度与绘画绝缘。上大学后，渐渐恢复以前的爱好，4年

中用于绘画或阅读有关书籍的时间平均每天约1小时，约合61整天。

大学毕业后，为找工作、换工作，用了约1年时间，直到成为教师，她才又拿起画笔。在教书的3年里，用于绘画或阅读有关书籍的时间每天约3小时，3×365×3＝3285(小时)，约合137整天。

辞职后，流浪3年，用于绘画或阅读有关书籍的时间每天约8小时，3×365×8＝8760(小时)，正好365天。

闭门创作3年，用于绘画或阅读有关书籍的时间每天约10小时，3×365×10＝10950(小时)，约合456天。

以上相加，61＋61＋137＋365＋456＝1080(整天)，约等于3年。

朋友说，从我小时候对绘画产生爱好时起，到我获得第一个大奖，正式成为"绘画工作者"止，实际花费于此项工作的时间只有3年，其他的时间都用于吃喝拉撒睡，或者与绘画无关的事情。

朋友说，为了追求理想，人们又是写诗，又是唱歌，搞得很隆重。其实只要甘于寂寞，保持你的理想，一有机会就去实践它，时间长了，自然水到渠成。

成长课堂

成功其实也就只需要那么三五年，可是，这三五年，却要你能耐得住此份寂寞，忍得住其他甜蜜，需要你不弃不馁。成功的积累就好像水滴石穿一样，每一天的积累看似没有什么大用，但它需要的是时间，只要时间充足，成功就会来到你眼前。

优秀女孩宣言

对待成功之前的积累一定要有足够的耐心。

通过这么多故事的启发，你是否懂得了积累在我们生活和学习中的价值呢？不妨来训练营检验一下自己吧！

我要当作家

不知道从什么时候起，班上刮起了一股"作家风"，有好几位同学都迷恋上了当作家，他们一个个提笔疾书，希望可以创作出属于自己的作品影响世人。

几个月过后，虽然也有几位同学的作品被发表，但大多数同学都没有投中，大家的热情不免被消耗了。张老师见此情形，便请来一位作家为我们作了一次演讲。这是一次非常及时的演讲，因为他告诉了我们成为作家必备的条件，这个必备的条件不仅对于写作是必需的，对于我们平时各科的学习也是非常重要的一个原则，通过这次演讲同学们的热情又一次被调动起来了。

同学们，你们知道成为作家的必备条件是什么吗？

答案在20页

《多问一句为什么》答案：

原来，王楠的妈妈听从了一个老师的建议：无论遇到什么事，妈妈都要刨根问底，都要问个为什么。王楠只好不断去翻阅书籍，给妈妈找答案。次数多了，王楠也喜欢问自己"为什么"，然后督促自己去找答案。一个学期下来，王楠积累了不少的知识，考试成绩也提高了很多，最关键的是，她学习知识的兴趣被激发起来了。

这就是王楠的秘密，用一个个刨根问底的"为什么"来激发起自己学习的兴趣，成绩自然也就好了。看来，这可真是一个培养学习兴趣的好办法啊！